Annette Langen

Mathilda, Mathilda!

Drei wie Zimt und Zucker

cbj

© Andreas Kühlken

DIE AUTORIN

Annette Langen, geboren 1967, gestaltete als Lektorin viele Jahre das Programm eines Kinderbuchverlages. Ihre ersten Kinderbücher schrieb sie bereits neben der Arbeit als Lektorin. Ihr erstes Buch erschien 1989, bis heute sind über 70 weitere Titel erschienen. Teile ihres Werkes wurden in 29 Sprachen übersetzt. Seit 2000 ist sie ausschließlich freiberufliche Autorin. Ehrenamtlich setzt sie sich aktiv für die Leseförderung von Kindern ein: Annette Langen ist seit 2001 Patin einer Solinger Grundschule, seit 2011 LeseBotschafterin der Stiftung Lesen und übernahm 2012 die Schirmherrschaft für Mentoring Coesfeld. Mit ihren beiden Kindern lebt sie im Bergischen Land.

Von Annette Langen ist bei cbj erschienen:

»Mathilda, Mathilda! Drei wie Wind und Wirbel« (Band 1, 22421)
» Mathilda, Mathilda! Drei ohne Punkt und Komma« (Band 2, 22458)
» Mathilda, Mathilda! Drei wie Zimt und Zucker« (Band 3, 22494)

»Tausche Glückskeks gegen Weihnachtswunder« (22447)

Annette Langen

Mathilda, Mathilda!

Drei wie Zimt und Zucker

Mit Illustrationen
von Dagmar Henze

cbj

cbj Kinder- und Jugendbuchverlag
in der Verlagsgruppe Random House

MIX
Papier aus verantwortungsvollen Quellen
FSC® C014496
FSC www.fsc.org

Verlagsgruppe Random House FSC® N001967
Das FSC®-zertifizierte Papier
Pamo House für dieses Buch liefert
Arctic Paper Mochenwangen GmbH.

1. Auflage 2014
Erstmals als cbj Taschenbuch November 2014

Umschlag- und Innenillustrationen: Dagmar Henze
Umschlaggestaltung: schwecke.mueller
Werbeagentur GmbH, München
jk · Herstellung: ReD
Satz: Uhl + Massopust, Aalen
Druck und Bindung: GGP Media GmbH, Pößneck
ISBN 978-3-570-22494-6
Printed in Germany

www.cbj-verlag.de

Vielen Dank an Gaby Rejek, die mir verraten hat,
wie ein Konzert schief geht, Franz Geiger,
Bergrettung Fiss, der mir erklärt hat, wie Mathilda
und Mats gerettet werden, an Isabel, die Jesper
ins Spiel brachte, und Lennart für die Jungensicht.

A. L.

Teich
Bullenwiese
Reitplatz
Pferde-
weide
Krone-
Hof
Der alte Meyer
Wäldchen
Jan
Bressan
Felder
Hof
Jupp

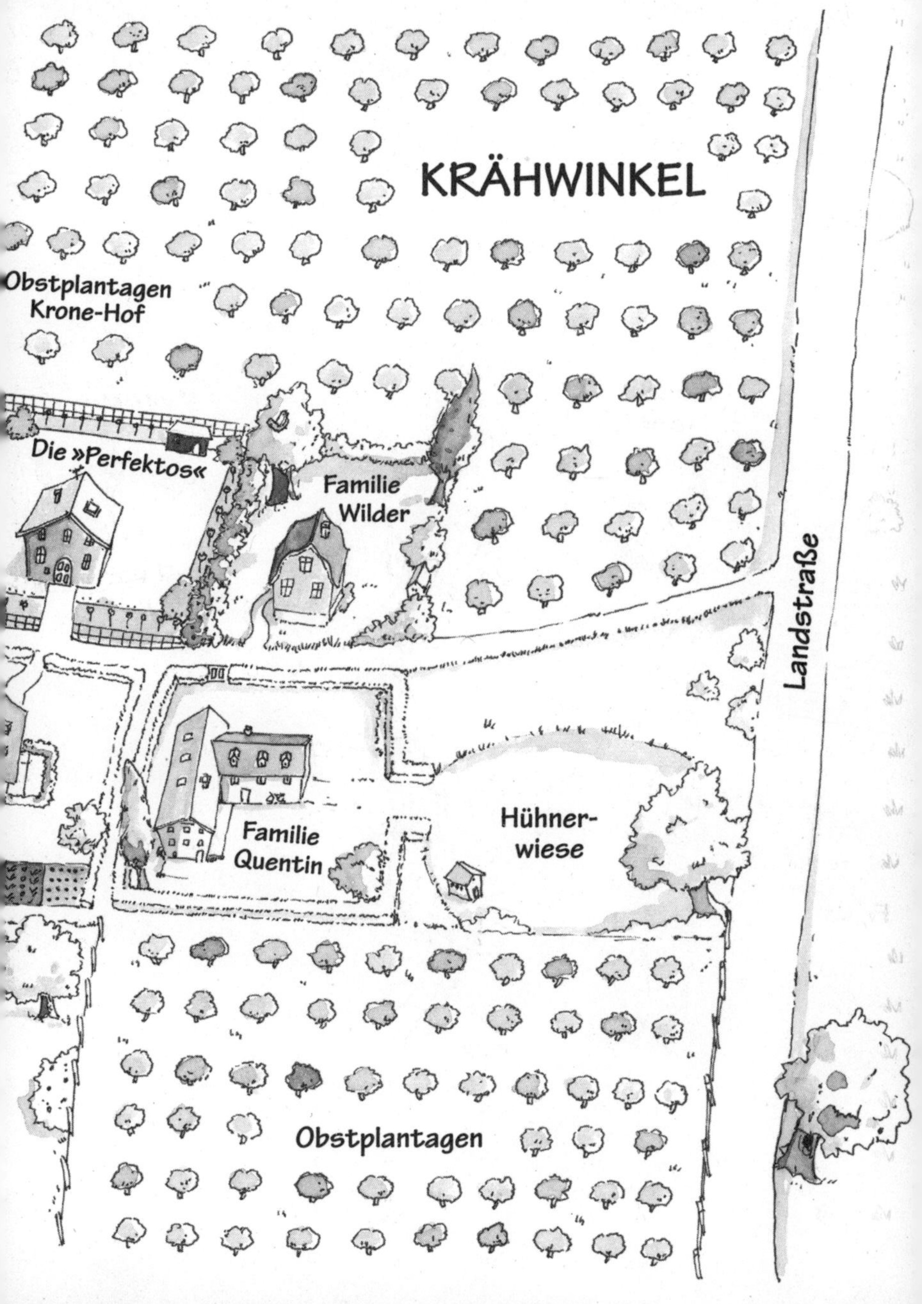
KRÄHWINKEL
Obstplantagen
Krone-Hof
Die »Perfektos«
Familie
Wilder
Landstraße
Familie
Quentin
Hühner-
wiese
Obstplantagen

Krise in Krähwinkel

Warum weiß kaum jemand, wie schwer es ist, zwölf Jahre alt zu sein? Ich meine, jemand von den Erwachsenen. Aufgebracht stieß ich die Mistgabel in einen Berg schmutziges Stroh, so, als hätte ich nie etwas anderes gemacht. Dabei hatte ich, Mathilda Wilder, die ersten zwölf Jahre meines Lebens mitten in Köln gelebt, in unserem coolen Viertel, wo es witzige Läden und Restaurants gab. Bis Mama plötzlich ein altes Haus auf dem Land geerbt hat, in Krähwinkel. Bei dem Namen krähen doch die Hühner, oder? Okay, ich hätte nie gedacht, dass auf dem Land so viel los ist. Und auch nicht, dass Mist so schwer ist. Keuchend ließ ich ihn in die Mistkarre fallen, während mein Patenpony Blümchen in der Stallgasse stand und mich mit aufmerksam gespitzten Ohren ansah.

»Ach, du hast es gut«, fand ich. »Ständig wollen die Erwachsenen wissen, wie es in der Schule läuft. Ob man für die Mathearbeit gelernt oder die Englischvokabeln geübt hat. Als ob das alles wäre!« Noch ein Haufen Pferdemist und nasses Stroh flogen in die Mistkarre. So langsam kam ich in Fahrt. Warum fragten uns die Erwachsenen nie nach den wirklich wichtigen Dingen? Ich mistete die Pferdebox aus, bis die Mistgabel über den Boden kratzte, dass fast die Funken flogen. Warum fragte Mama nie, ob Julia, die Beliebteste in meiner neuen Klasse, mich immer noch von oben herab behandelte? So, als ob ich einfach nur Luft wäre. Für Julia und ihr Gefolge. Am liebsten würde ich… nanu, die Mistkarre war voll.

Einen Moment blieb ich neben Blümchen stehen und strich mir die verschwitzten Locken aus der Stirn. »Sicher, du hast mit den anderen Ponys auch Zickereien auf der Weide. Vor allem mit Candy. Aber glaub mir, in der Schule ist das kein Spaß!«

Blümchen hob den Kopf und pustete mir ins Ohr, dass ich lachen musste. So als ob sie alles wegpusten wollte, was mich bedrückte. Aber das geht leider nicht. So viel konnte sie gar nicht pusten. Als ob es nicht schon reichte, dass ich neuerdings Brackets tragen musste – so eine an die Zähne festgeklebte Zahnspange – und mir vorkam wie ein Alien mit all dem Draht im Mund. Alles, nur nicht hübsch. Seit kurzem musste Papa auch noch am anderen Ende der Welt, in Hongkong, arbeiten. Er fehlte mir ganz schrecklich. Ich seufzte und kraulte die Ponystute hinter den flauschigen Ohren. Jetzt, mit ihrem Winterfell, sah sie fast so kuschelig aus wie ein Teddybär. »Weißt du, was ich wirklich gerne hätte?«, fragte ich so leise, dass es nur Blümchen hören konnte. Erst zögerte ich, es auszusprechen, aber dann murmelte ich in ihre Mähne. »Ich weiß, dass es echt fies klingt und natürlich sind Linn und Philippa meine besten Freundinnen…«, ich schluckte. »Trotzdem würde ich zu gerne zur Clique der Beliebtesten in unserer Klasse dazugehören. Denn ich möchte auch mal erleben, dass die ganze Klasse begeistert lacht, obwohl ich nur etwas halbwegs Witziges gesagt habe. Dass sich alle darum reißen, zusammen mit mir auf dem Schulhof zu stehen. Hmm, wenn ich ehrlich bin, möchte ich vielleicht auch mal bestimmen, wer in unserer Klasse ›in‹ und wer ›out‹ ist.«

Blümchen nickte zustimmend. Aber ich wusste genau, das würde nie passieren, weil Julia ihren Posten nie im Leben abgeben würde. »Bin gleich wieder da«, sagte ich zu dem Pony, fasste die Griffe der Mistkarre, die so schwer war, dass ich sie kaum heben konnte. Ich schob sie aus dem Stall und draußen im Hof über das schmale Brett auf den Misthaufen hinauf. Als ich da oben stand, wie ein Hahn auf dem Mist, fühlte ich mich auf einmal richtig frei. So als ob mich der Zickenterror in der Schule gar nicht mehr betreffen würde.

Doch dann sah ich einen dunkelhäutigen Jungen auf der einzigen Straße von Krähwinkel – und wäre am liebsten auf der Stelle unsichtbar geworden. Das war Scott aus meiner Klasse und er marschierte zum Krone-Hof! Scott, mit dem ich doch erst um 16 Uhr verabredet war, um ein Geschichtsreferat zu schreiben. Was machte er so früh hier? Ich riss mein Handy aus der Jackentasche und warf einen Blick darauf. 16:08 Uhr, Hilfe! So spät war es schon? Ich schnappte nach Luft. Irgendwie musste ich im Stall getrödelt haben. Ausgerechnet jetzt, wo Scott kam. Scott, der immer total lässig gekleidet und super witzig ist.

Und wie sah ich dagegen aus? Mal vom Misthaufen unter mir abgesehen, steckte ich in grünen Gartencloggs, hatte Strohhalme in den Haaren und trug eine alte Jacke, die Blümchen angesabbert hatte. Wenn mir nicht schon vom Ausmisten heiß gewesen wäre, wurde mir nun noch heißer. Meine Wangen brannten. Nichts wie runter vom Misthaufen!

Ich drehte mit der Schubkarre um und lief so schnell es ging das schmale Brett hinunter. Auf keinen Fall wollte ich vor Scott wie ein Landei aussehen. Denn er hat schon in Paris gelebt, seine Mutter kam aus New York und sein Vater war Deutscher. Mist, plötzlich rutschte ich aus meinem rechten Gartenclogg, der den Misthaufen hinunterkullerte und unten auf dem Hof liegen blieb.

Oh nein! Was sollte ich jetzt tun? Auf einem Bein das Brett hinunterhüpfen ging nicht, denn es wippte zu stark. Auf der einen Socke weiterlaufen wäre total ekelig, denn auf dem Brett lag heruntergefallener Mist. Ich stöhnte. Warum hatten wir auch in dieses Dorf ziehen müssen? In Köln wäre mir so etwas nie passiert. Philippa, die auf dem Krone-Hof lebte, konnte mich nicht retten, denn sie hatte heute ein Date mit ihrem Freund Hannes. Linn wohnte gegenüber von unserem Haus, zu weit entfernt, um mich zu hören. Was sollte ich jetzt nur tun? Wie angewurzelt stand ich auf dem Brett, mitten im Misthaufen, als ich hinter mir Scotts Stimme mit dem leichten amerikanischen Akzent hörte: »Cinderella, es ist zwar noch nicht Mitternacht, aber Ihr habt Euren Schuh verloren.«

Er verneigte sich feierlich vor mir, dann rief er: »Achtung, fang, Mathilda!«, und warf mir meinen verlorenen Gartenclogg zu. Zum Glück fing ich ihn gleich beim ersten Versuch und schlüpfte hinein.

Dann verneigte ich mich huldvoll: »Meinen besten Dank, Hoheit. So seht nur, was man heutzutage statt einer Kutsche bekommt«, und deutete auf die Mistkarre.

Scott lachte und ich lachte einfach mit. Er fand sogar Blümchen süß. Bevor er das Pony kraulte, fragte Scott: »Will sie dann auch auf meinem Schoß sitzen? So wie Mindy?« So hieß sein kleiner Hund. Wieder lachten wir beide. Scott ist so unkompliziert. Aber als wir zu unserem Haus zurückgingen, kam Mats auf der anderen Straßenseite aus dem Haus der Quentins heraus. Neuerdings trug er seine Haare kürzer und durchgestuft. Damit wirkte er irgendwie viel … männlicher. Sofort schlug mein Herz schneller und dann blieb Mats auch noch vor mir stehen.

»Hi, Mathilda!« Er sah nur mich an, so, als stünde Scott nicht neben mir. »Es gibt was Neues wegen *unserer* Ferien.« Mats warf Scott einen triumphierenden Blick zu, bevor er weitersprach: »Ich habe jetzt die neuesten Fotos von der Berghütte, die kannst du dir auf meinem Laptop ansehen. Das wird über Silvester so was von genial. Einsam auf dem Berg, aber wir können hinunter ins Dorf rodeln. Der Schnee reicht wirklich bis an die Fenster und …« Mats zögerte kurz, dann sah er mich an und sagte: »Wir schlafen im Matratzenlager unter dem Dach.«

Moment mal, dachte ich und wusste gar nicht, wie ich das mit dem Matratzenlager finden sollte. Denn immerhin fuhren Linn und Philippa auch über Silvester mit in die Berghütte. Ebenso wie die Eltern von Mats und seine beiden kleinen Schwestern. Warum tat er dann so, als ob nur wir beide … Ich schaute Mats verwirrt an, als mir plötzlich ein Gedanke kam, der alles in mir so flattrig wie tausend Schmetterlinge werden ließ. War Mats vielleicht eifersüchtig auf Scott? Oder was war sonst auf einmal mit ihm los? Sonst war er eher still und überhaupt nicht so angeberisch. Was sollte ich jetzt nur darauf sagen? Aber ich war viel zu flattrig, um eine passende Antwort zu finden.

Neben mir meinte Scott grinsend zu Mats: »Hoffentlich gibt es unter dem Dach der Berghütte keine Balken, an denen du unbedingt hangeln musst. Sonst müssen sie dich noch auf den Schlitten packen und ins nächste Krankenhaus rodeln.«

Natürlich wusste ich sofort, dass Scott auf Mats' Unfall während der Halloweenparty anspielte – und Mats wusste es auch. Wütend hob er den Kopf und seine Stimme wurde lauter, als er zu Scott sagte: »Wenigstens werde ich nicht die ganze Zeit nur dumm rumsitzen, das kann ich dir garantieren. Bis später, Mathilda.« Mats drehte sich um und verschwand im Haus der Quentins. Scott und ich setzten uns in meinem Zimmer an den Schreibtisch.

Wie soll ich mich auf ein Geschichtsreferat konzentrieren, wenn mir die Jungs nichts als Rätsel aufgeben? Wieso sah Scott mich an diesem Nachmittag immer an, wenn er dachte, ich merke es nicht? Sollte er wirklich auf mich stehen? Er, der angesagteste Junge aus unserer Klasse … Und ich fragte mich, weshalb Mats auf einmal so eifersüchtig war? Heißt das vielleicht, dass er in mich verliebt ist?

Streng geheim!

Das meint jedenfalls meine abf Hannah – mit h hinten – die in Köln wohnt. Es klingt schrecklich, aber manchmal bin ich eifersüchtig auf sie, weil sie immer den Durchblick hat, was Jungs angeht und viel älter wirkt als ich. Und leider ist das nicht die einzige Sache, die ich niemals zugeben würde. Meine Liste ist etwas länger …

Was ich niemals zugeben würde:

- Wenn ich nachts aus einem richtig schlimmen Albtraum aufschrecke, kuschele ich mich noch zu Mama ins Bett. Obwohl ich dafür natürlich viel zu alt bin.
- Statt meiner nervigen kleinen Schwester Friederike, die zehn ist, hätte ich gerne einen großen Bruder.
- Ich mag ausgefallene Klamotten… aber, wenn ich mich darin später auf Fotos sehe, frage ich mich, ob das so eine gute Idee war.
- Muss ich im Haushalt helfen, stelle ich mich extra so ungeschickt an, damit ich es nie wieder machen muss.
- Ich kaufe mir jede Ausgabe der girlfriends, auch wenn mich das oft pleite macht.

- Horoskope sind mir unheimlich, seit mir letztens eines einen schlimmen Streit vorhergesagt hat. Der dann wirklich eingetreten ist! Ausgerechnet mit Mats.
- Letzten Sonntag (total verregnet) habe ich mir drei meiner liebsten, alten Kinderbücher herausgesucht, sie noch einmal gelesen und dann in dem langen Einbauschrank in meinem Zimmer versteckt, damit sie schön nah bei mir sind.
- Mein Lieblingsgericht ist Zimt- und Zucker-Toast. Ich weiß, das ist ein Kinderessen, aber es schmeckt einfach himmlisch!
- Alle sagen immer: »Mathilda, deine Locken sind so süß.« Ich will aber nicht süß aussehen und hätte gerne normale Haare!
- Oft überlege ich mir, was ich mir wünschen würde, wenn ich einen Wunsch frei hätte. Es ist immer dasselbe: dass Papa, Mama, Friederike und ich wieder als eine Familie zusammenleben würden. Aber leider weiß ich genau, dass das nie wieder so sein wird. Denn Papa ist mit Stephanie verheiratet, die immer behauptet, dass sie uns eine große Freundin sein will. Alles gelogen. In Wirklichkeit will sie Papa für sich alleine. Und Mama ist frisch verliebt in Jan, der auch im Dorf wohnt.
- Deshalb wünsche ich mir stattdessen, dass ich die Gedanken von einem ganz bestimmten Jungen hören kann. Dann wüsste ich, ob er in mich verliebt ist. Ob er auch so oft an mich denkt, wie ich an ihn. Wenn ja, dann würde ich mich trauen, ihn zu fragen, ob er mit mir zusammen sein will. Aber vielleicht finde ich das diesen Winter ja auch so heraus?!?

Wie Zimt und Zucker

Das wird wie Zimt- und Zucker-Toast!«, rief ich strahlend, als wir uns am Samstagabend nach dem von Linns und Mats' Vater einberufenen ›Berghüttenvorbereitungstreffen‹ voneinander verabschiedeten.

»Wir drei im Tiefschnee und am Kaminofen.« Philippa schloss die Augen und seufzte glücklich. »Ich kann es kaum noch abwarten, bis wir endlich in die Berghütte fahren!«

Ich nickte begeistert. Nur Linn sah als Einzige etwas geknickt aus. »Und all die to-do-Listen, die mein Vater für die paar Tage Ferien erstellt hat, haben die euch eben nicht geschockt?«, fragte sie und ihre Stimme klang besorgt.

»Aber nicht doch«, meinte Philippa aufmunternd und zog ihre Winterjacke an. »Da dein Vater einen Organisationstick hat, wird garantiert kein Klopapier oder sonst was Wichtiges in der einsamen Berghütte fehlen. Sieh es mal so!«

»Stimmt«, rief ich. »Und an Silvester lassen wir es krachen!« Mein Herz schlug schneller, wie immer, wenn ich nur daran dachte. Das hatte einen ganz bestimmten Grund. Denn man umarmte und küsste sich, wenn man ein frohes neues

Jahr wünschte. Natürlich fragte ich mich, ob Mats mich küssen würde. Oder ich ihn? Romantischer als im Tiefschnee unter dem Sternenhimmel ging es ja kaum! Hmm, oder vielleicht nur zu zweit vor dem Kaminofen, das wäre bestimmt auch sehr …

Linn gab mir einen Stups und riss mich aus meinen Träumereien. »Na, woran denkst du, Mathilda? Du grinst wie ein Honigkuchenpferd.« Auch Philippa sah mich auf eine Art an, als ob sie meine Gedanken gelesen hätte. Aber das war und blieb mein Geheimnis. Schnell bückte ich mich zu der langen Reihe von Schuhen, die bei den Quentins immer im Flur standen, fischte mein Paar heraus, zog es an und flitzte mit einem »bin spät dran«, über die dunkle Straße nach Hause.

Als ich unsere Haustür öffnete, duftete es, hmmm, köstlich. Das konnte nur eines bedeuten: Mama hatte *nicht* gekocht. Wieder schnupperte ich, dann lauschte ich. Ob meine französische Patentante Anouk zu Besuch gekommen war? So lecker duftete es nur, wenn sie für uns kochte! Ich lief in die Küche, wo es seltsam still war, und schreckte zurück. Denn neben dem Herd standen Mama und ihr Freund Jan engumschlungen und küssten sich. Und das in dem Alter! Muss das sein? Wie peinlich ist das denn, wenn man die eigene Mutter beim Küssen überrascht? Ich wäre am liebsten im Boden versunken oder hätte laut: ›Es reicht!‹, geschrien.

Aber obwohl meine Mutter ziemlich beschäftigt war, bemerkte sie mich vor der Küchentür. Sie ließ Jan los, strich hastig ihre Locken zurück und ihre Stimme klang atemlos, als sie sagte: »Das Abendessen ist gleich fertig.« Jan nickte zustimmend und drehte sich zum Herd um, wo er eifrig in der Pfanne rührte, so, als ob nichts passiert wäre!

Und was tat meine Mutter? Sie strahlte den Rücken ihres Freundes glückselig an und fügte voller Bewunderung hinzu: »Jan hat für uns gekocht. Etwas Schwedisches, Fleischklößchen!«

Meine Güte, er hatte halt gekocht – und meine Mutter strahlte deswegen so, als ob Jan etwas Weltbewegendes vollbracht hätte. Auf einmal hatte ich überhaupt keine Lust, den beiden Frischverliebten während des Abendessens am Küchentisch gegenüber zu sitzen. So lecker es auch roch. »Danke, aber ich habe Bauchschmerzen und gehe lieber gleich ins Bett«, log ich und lief rasch in mein Zimmer hinauf. Ich ließ mich in mein Bett sacken und fühlte mich schrecklich einsam. Am liebsten hätte ich Papa über Skype angerufen, aber in Hongkong war jetzt schon tiefste Nacht.

Ich seufzte. Warum konnte ich nicht normale Eltern haben, die zusammen lebten und irgendwo in der Nähe arbeiteten? Gab es die überhaupt noch? Ich überlegte. Zuerst fielen mir lauter Familien ein, die auch geschieden waren. Aber es gab auch Ausnahmen. So, wie die Eltern von Linn und Mats! Die mussten sich noch lieben, denn Frau Quentin erwartete im nächsten Frühjahr das fünfte Kind (was Mats mehr als peinlich war!) und bekam so langsam einen richtigen kugelrunden Babybauch. Oder Philippas Eltern, sie feierten bald schon Silberhochzeit und bewirtschafteten seit Ewigkeiten gemeinsam den Krone-Hof. Wieso musste nur bei meiner Familie alles so kompliziert sein?

Während ich mich immer einsamer und verlassener fühlte, klapperte unten in der Küche Besteck und der köstliche Duft von gebratenen Fleischklößchen stieg bis ins Dachgeschoss herauf. Und die Fleischklößchen von Jan rochen wirklich noch besser als die bei IKEA. Wo hatte er nur so gut kochen gelernt? Mein Magen knurrte. Aber ich würde auf keinen Fall nach unten gehen. Hungrig durchstreifte ich mein Zimmer und kramte in meiner Schultasche. Darin fand ich zumindest noch einen Apfel, den ich sofort aufaß. Doch mein Magen knurrte weiter, als plötzlich auf der anderen Straßenseite ein Lichtzeichen aufblitzte. So meldete sich immer Mats bei mir. Oder andersherum, ich bei ihm.

Mats stand gegenüber an seinem Fenster im Dachgeschoss und hielt fragend das Handy in die Luft. Ich nickte. Klar wollte ich mit ihm sprechen. Ein paar Sekunden später klingelte mein Handy.

»Hi Mathilda«, hörte ich Mats Stimme. Seine Stimme klingt wirklich toll am Telefon, dunkel und so, dass es in meinem Bauch kribbelte. Mats fuhr sich verlegen durch die Haare, räusperte sich und fragte hastig: »Mathilda, sag's ehrlich: Willst du überhaupt noch über Silvester mit in die Berghütte kommen?«

»Aber sicher doch! Was dachtest du denn?«, erwiderte ich sofort. Darauf freute ich mich mehr als auf meinen nächsten Geburtstag!

»Echt?«, fragte Mats, während er vor seinem Fenster auf- und ablief. »Nervt dich nicht der Organisationstick meines Vaters? Ist das nicht krank, wie er alles von Abwaschdiensten bis zur letzten Tube Zahnpasta bis ins letzte Detail geplant hat?« Mats' Stimme klang immer geladener. »Findest du normal, dass bei uns alles, aber wirklich alles, genau festgelegt ist?« Dann blieb er stehen und sah mich über die Straße hinweg an. »Ich meine, wo du …« Mats stockte, dann stieß er es hervor: »… so eine lässige Familie hast.« Er drehte sich um. Ich konnte sein Gesicht nicht sehen, aber ich wusste, dass er verzweifelt war. Am liebsten hätte ich ihn in den Arm genommen.

»Hör mal, du Troll«, sagte ich leise und hoffte, Mats würde bemerken, dass ich ihn absichtlich so nannte, wie niemand sonst außer mir. »Ich freue mich total auf die Zeit in der Berghütte. Organisationstick hin oder her, wir machen trotzdem etwas spontan. Da fällt uns schon was ein, oder?«

Mats drehte sich um und sah mich an. Über die Straße hinweg. Auf eine Art, dass alles in mir ganz flattrig wurde. Meine Wangen brannten. Schnell senkte ich den Blick, damit meine Locken die roten Wangen verdeckten.

»Versprochen, Wichtel?«, hörte ich seine Stimme aus dem Handy. Wieder kribbelte es in meinem Bauch. Noch nie habe ich Mats gesagt, wie sehr ich es mag, wenn er mich ›Wichtel‹ nennt, wie niemand sonst. Aber bevor ich ihm antworten konnte, hörte ich Schritte auf der Treppe. Das konnte nur eines bedeuten: Mama im Anmarsch! »Tschüss«, wisperte ich und sprang mit einem Satz ins Bett. Immerhin hatte ich gesagt, dass ich Bauchschmerzen hätte.

Genau passend dazu brachte Mama mir Kamillentee und Zwieback, der so staubtrocken war, dass ich husten musste. Aber lieber ging ich an diesem Abend hungrig ins Bett, als meiner verliebten Mutter beim Turteln zuzusehen. Ich gähnte. Es war schon spät. Aber aus dem Erdgeschoss hörte ich immer noch Jans Lachen. Na toll, der schien sich ja so richtig bei uns wohlzufühlen. Konnte der nicht mal langsam nach Hause gehen?

Nichts als Ärger

In dieser Nacht träumte ich etwas Schlimmes. Ich war ganz allein auf der Welt. So sehr ich auch umherlief und suchte, nirgendwo fand ich einen anderen Menschen. Deshalb riss ich die Augen auf – und war sofort wach! Verstört saß ich in meinem Bett und tastete nach meiner Leselampe. Ihr Schein tauchte mein Zimmer in ein warmes Licht. Trotzdem war mir dieser Albtraum noch so nah, dass ich barfuß durch das dunkle Treppenhaus und in Mamas Schlafzimmer huschte. Ich atmete auf. Alles war gut, ich hörte Mamas Atem, zog die Bettdecke auf ihrer anderen Bettseite zurück – und griff in etwas Haariges, Großes, das auch noch zusammenzuckte. Laut schrie ich auf.

Mamas Nachtlicht ging an. Neben ihr saß Jan Bressan im Bett, so ganz ohne Schlafanzugoberteil. Er ist ziemlich haarig. Ich meine, an der Brust und den Armen. Fast wie ein Affe. Nur, dass Jan sprechen kann. »Alles in Ordnung, Mathilda?«, fragte er verschlafen.

Oh, plötzlich brodelte die Wut in mir. Denn der behaarte Jan saß einfach so in Mamas Bett. Wo in den letzten Jahren nie ein Mann gesessen hatte! So, als ob er dahingehörte und nicht ich.

»Was ist denn, Mathilda?«, fragte Mama. Wusste sie wirklich nicht, was war? Mein Platz in ihrem Bett war besetzt! Von einem viel zu haarigen Typen, der so tat, als ob *er* dahin gehörte.

»Was ist?«, habe ich gezischt. »Bei dir ist kein Platz mehr für mich. Das ist!« Dann habe ich mich rumgedreht und bin in mein Zimmer gelaufen. Mama kam mir nach und wollte mir unbedingt alles erklären. Dass sie vorher nicht gewusst habe, dass Jan über Nacht bleiben würde. Dass er als ihr Freund von nun an öfter bei uns übernachten würde. Doch ich wollte nichts mehr hören und habe mir die Bettdecke über die Ohren gezogen. Warum hat man mit den Eltern immer nichts als Ärger?

Und der ging gleich am nächsten Morgen weiter! Als ich die Tür zum Badezimmer öffnete (den Schlüssel dazu haben wir seit dem Umzug immer noch nicht gefunden), kam der nächste Schock. Mit dem Rücken zu mir und heruntergelassenen Schlafanzughosen stand Jan vor dem Klo. »Igitt, ein Stehpinkler!«, habe ich geschrien und die Tür sofort zugeschlagen. Dieses Klo würde ich nie wieder benutzen, so viel stand fest. Wutschnaubend rannte ich in das Gäste-WC im Erdgeschoss und schloss mich ein, während im Badezimmer über mir die Klospülung gedrückt wurde. Dann lief der Wasserhahn und schließlich kamen Jans Schritte die Treppe herunter. »Nun, es gibt da halt so ein paar Unterschiede«, meinte er auf der anderen Seite der Klotür.

Da hat es mir aber wirklich gereicht. »Auf solche ekligen Unterschiede können wir hier gut verzichten und Stehpinkler brauchen wir schon gar nicht«, habe ich gebrüllt, dass es von den Kacheln nur so hallte.

»Moment mal!«, rief Mama von oben und ich hörte, dass sie immer zwei Stufen auf einmal nehmend die Treppe herunterstürmte. Sie verlangte, dass ich mich bei Jan entschuldige, aber darauf kann sie lange warten. Das habe ich ihr gesagt – und so ein paar andere Dinge auch noch. Wie zum Beispiel, dass dieser Stehpinkler doch gleich in die Regenrinne pinkeln könne. Oder am besten bei sich zu Hause. Dann könnte er Mama auch ganz in Ruhe lassen.

Doch davon wollte meine Mutter nichts wissen. Sie klopfte von außen an die Tür. »Mathilda, du kommst da jetzt sofort raus!«

Aber so dumm konnte ich ja kaum sein. Ich würde im Gästebad ausharren. So lange, wie nötig. Ich setzte mich auf den Klodeckel, zog meine Knie an, schlang meine Arme darum und legte den Kopf darauf. Was sollte ich jetzt nur machen? Ich saß im Gästebad fest. Mama nahm lieber ihren Freund in Schutz, statt mich. Mein Platz war besetzt. Was blieb mir da noch? Auf einmal wusste ich es! Ganz deutlich sah ich, was ich tun würde. Alles in mir wurde still. Ganz still. Doch mein Entschluss stand fest. Ich würde abhauen! Ich musste nur den passenden Moment abwarten. Und der kam, als Mama und Jan joggen gingen.

Auf der Flucht

Der Zug nach Köln stand schon im Schneeregen auf dem Gleis. Ich rannte so schnell ich nur konnte. Von der Bushaltestelle zum Bahnhof, die Treppen der Unterführung hinunter, auf der anderen Seite wieder hinauf und zum Bahngleis. Unbedingt musste ich diesen Zug erwischen, unbedingt. Ich japste nach Luft. Meine Sporttasche schlug hart gegen meine Seite. Darin steckte alles, was ich auf die Schnelle mitnehmen konnte: mein Handy, meine liebsten Fotos, meine Geldbörse und ein paar Anziehsachen. Der Schaffner pfiff, die Zugtüren schlugen automatisch zu, als ich in letzter Sekunde in den Zug sprang. Völlig außer Atem ließ ich mich im Waggon auf eine Sitzbank mit hoher Lehne fallen.

Alle Fensterscheiben waren beschlagen. Im Zug war es stickig warm, die meisten der älteren Leute dösten. Nur auf den Sitzen hinter mir ging es hoch her. »Alter, die Saskia steht total auf dich«, tönte eine tiefe Stimme. »Willst du was von der oder nicht?«

Ein anderer Junge widersprach: »Ne, Mats will nur was von diesem kleinen Lockenkopf, wie heißt sie noch …«

Schon grölte der nächste: »Die wilde Mathilde … na, Mats, sag schon, läuft da was zwischen euch?«

Ich zuckte zusammen. Saß Mats etwa mit diesen Flachschädeln nur eine Sitzbank hinter mir? Schon bekam ich den Beweis. Ich hörte seine Stimme, die ich aus so vielen heraus erkannt hätte. »Hört mal, was soll ich denn mit Mathilda?«, rief Mats. »Die ist noch total kleinkindhaft. Nichts für mich.«

Es traf mich wie ein Schlag. Mit so etwas hätte ich nie gerechnet. Nicht von Mats. Aber es wurde noch schlimmer.

Die anderen Jungs lachten. »Stimmt, die Kleine ist noch flach wie ein Brett.«

Ich schnappte nach Luft. Erstens weil das so nicht ganz stimmte und zweitens weil es diese Idioten gar nichts anging, wie viel oder wie wenig Busen ich hatte.

»Aber Saskia, die hat da schon mehr zu bieten«, grölte der Junge mit der tiefen Stimme. Und nun schätzten die Jungs Saskias Körbchengröße, die größer und größer wurde. Ich saß da und zitterte, vor Wut und vor Empörung. So widerlich fand ich das. Am liebsten wäre ich vor den Sitzbänken der Jungs aufgetaucht und hätte ihnen eine geknallt. Und zwar jedem von ihnen! Mein Atem ging schneller und ich spang auf.

Aber, nein, das ging nicht. Denn Mats durfte mich auf keinen Fall sehen. Er durfte nicht wissen, dass ich alles belauscht hatte. Und ich hatte mir gewünscht, seine Gedanken zu hören! Das hatte ich mir aber etwas romantischer vorgestellt. Aber Mats war ein Arschloch, genau wie die anderen Jungs. Warum tat das nur so weh? Die Sitzreihe vor mir verschwamm und ich biss die Zähne aufeinander, um nicht loszuschluchzen wie ein Kindergartenkind. Denn das war ja das, wofür er mich hielt.

Ich holte tief Luft. Mats durfte mich nicht sehen. Wie sollte ich das nur schaffen? Er fuhr mit seinen idiotischen Freunden bestimmt bis zum Kölner Hauptbahnhof. Dort wollte ich eigentlich auch aussteigen. Aber jetzt blieb mir keine andere Wahl. Ich musste vorher aus dem Zug aussteigen, schnell, bei der nächsten Gelegenheit! Als der Zug langsamer wurde, griff ich nach meiner Tasche und sprang am nächsten Bahnhof heraus. Ohne zu wissen, wo.

Der Zug fuhr weiter. Ich stand an einem Bahnhof, den ich nicht kannte. Wo war ich hier nur gelandet? Auf dem Bahnhofsschild stand: Köln-Mühlheim. Ich stöhnte. Das war ziemlich weit von unserem alten Viertel entfernt. In dem auch Hannah wohnte. Wie kam ich von hier zu ihr?

Ich schaute auf den Busfahrplan und atmete auf. Jetzt gleich kam ein Bus, den würde ich nehmen. Doch als ich vorne beim Busfahrer bezahlen wollte, fehlten mir 80 Cent. Mal wieder war ich fast pleite. Daran hatte ich bei meiner Flucht nicht gedacht. Entsetzt sah ich den Busfahrer an.

Der zuckte die Schultern: »Nisch jenuch. Da kann isch nix maachen«, sagte er auf Kölsch. Um dann aufmunternd hinzuzufügen: »Et hätt noch immer jot jejange.«

Na herrlich, zu wissen, dass alles letztlich gut ausgeht, das half mir im Moment keinen Zentimeter weiter. Im Gegenteil. Hinter mir riefen die Fahrgäste, wann es denn endlich weiter ginge. Als ich ausstieg, kam es mir so vor, als ob der ganze Bus mir ansah, dass ich gerade von zu Hause abgehauen war. Mit weichen Knien setzte ich mich ins Bushäuschen. Was sollte ich jetzt machen? Dann atmete ich auf. Bestimmt konnte mich Hannah hier abholen und mir etwas Geld leihen. Wir würden gemeinsam zu ihr nach Hause fahren, ewig in ihrem Bett liegen und über alles, was passiert war, quatschen. Der Gedanke fühlte sich einfach wunderbar an.

Ich wühlte in meiner Sporttasche, zog mein Handy heraus und gleich darauf stöhnte ich wieder. Der Akku war leer. Ich hatte mal wieder vergessen, mein Handy aufzuladen. Nun blieb mir keine andere Wahl: Ich musste zu Fuß gehen. Quer durch Köln, über die Rheinbrücke … schon bei dem Gedanken wurde mir flau. Wie lange würde das von Mühlheim bis in unser altes Viertel dauern? Auf einmal wurde mir unheimlich zu Mute. Ob ich vor Einbruch der Dunkelheit bei Hannah sein würde? Würde Mama sich vielleicht Sorgen um mich machen?

Das, was bei uns im Bergischen Land als Schneeregen herunter gekommen war, gab es in Köln ausschließlich als Regen. Er plätscherte nur so auf das Dach des Bushäuschens. Niemand war auf der Straße. Nur ein alter Mann mit einem dicken Hund an der Leine und einem Regenschirm in der anderen Hand war unterwegs. Am liebsten hätte ich mich irgendwo ins Warme gesetzt, geweint und nicht mehr aufgehört.

Aber dann dachte ich: Wer von zu Hause abhaut, muss mit Problemen klar kommen und ich schaffe das! Ich setzte meine Kapuze auf, hängte den Gurt der Tasche über meine Schulter und marschierte los. Quer durch Köln-Mühlheim. Mitten im Regen. Das Wasser lief schnell neben dem Bürgersteig. Meine Chucks weichten mehr und mehr durch. Mit gesenktem Kopf lief ich weiter. Ein Auto fuhr durch eine Pfütze an mir vorbei und das Wasser spritzte hoch. Nun war auch noch meine Lieblingsjeans nass und dreckig. Alles hatte sich heute gegen mich verschworen, alles.

Obwohl ich nicht wollte, liefen mir die Tränen über die Wangen. Ich wischte sie mit dem Jackenärmel fort und plötzlich fiel mir etwas auf. Die langgezogene Messehalle kannte ich. Ich war in Köln-Deutz. Hier ganz in der Nähe wohnte meine Patentante Anouk!

Die war zwar auch Mamas beste Freundin, aber Anouk weiß noch, wie schwierig es ist, wenn man zwölf ist. Auf meine Patentante konnte ich mich verlassen, das wusste ich. Dann stand ich nass und verfroren vor der Haustür von Anouk und drückte den Klingelknopf.

Jungsgeheimnisse

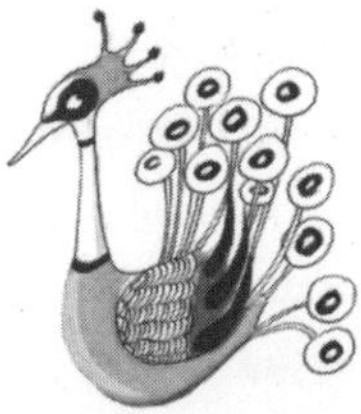

Als ich in der obersten Etage ankam, wo meine Patentante wohnt, stand sie mit dem Telefonhörer an dem einen Ohr am Treppengeländer und sagte eilig: »Tatsächlich, sie ist hier, Beatrix. Ich melde mich später.« Anouk eilte mir entgegen. »Mon Dieu«, rief sie und dann folgte ein Schwall auf Französisch, von dem ich so gut wie nichts verstand. »Ach, excuse-moi, immer spreche ich Französisch, wenn ich aufgeregt bin«, entschuldigte sie sich und blickte mich voller Sorge an. »Ma petite, was ist passiert? Bist du verletzt?«

Erst schüttelte ich stumm den Kopf und holte Luft, um zu antworten. In diesem Moment spürte ich, wie furchtbar weh alles in mir tat. Ich legte die Hand auf mein Herz, nickte und flüsterte: »Ja, hier!«

»Oh, Herzschmerz ist schlimm, n'est pas?«, sagte Anouk und führte mich in ihre Wohnung. »Schnell, raus mit dir aus den nassen Sachen und schön heiß duschen.«

Als ich in ein riesiges Badelaken gewickelt aus der Dusche kam, waberten Dampfschwaden durch das Badezimmer. Nun fühlte ich mich nicht mehr ganz so verzweifelt. Anouk nahm meine Hand und zog mich zu ihrem Kleiderschrank. »Na, nach welcher Farbe ist dir heute?«, fragte sie, während ihre Hand über eine lange Reihe von Kleiderbügeln fuhr. Ich glaube, meine Patentante ist die einzige Erwachsene, die in so einer Situation nicht sagt: ›Mal sehen, was dir halbwegs passt.‹ Mein Glück ist allerdings auch, dass Anouk zierlich und nicht allzu groß ist. So saß ich wenig später in ihrem langen schwarzen Tunika-Pullover, zu dem ich mir noch einen eleganten Gürtel ausleihen durfte, auf dem Sofa. Ich zog meine Beine an, die in bestimmt sündhaft teuren und superweichen Leggings mit einem winzigen Fischgrätenmuster steckten, und fühlte mich viel älter als ich in Wirklichkeit war. So mindestens wie 16. Also, *fast* wie erwachsen.

Es gab nur einen Unterschied. Fast-Erwachsene wissen mit Sicherheit, was sie tun sollen. Das wusste ich überhaupt nicht. Auf einmal erschien es mir alles andere als wahrscheinlich, dass ich bei Hannah einziehen und wieder zu meiner alten Schule gehen konnte. Immerhin war schon der neue Freund von Hannahs Mutter eingezogen und die Wohnung war ziemlich klein. Wahrscheinlich gab es für mich gar keinen Platz mehr. Wo sollte ich nur hin? Wie sollte es weitergehen?

»Schluss mit dem Trübsalblasen«, rief Anouk, die mit einer dampfenden Tasse heißer Schokolade aus der Küche herüberkam. »Trink das!«, sagte sie und drückte mir die Tasse in die Hand. Ich schnupperte. Hmm, das roch sooooo gut. Vorsichtig trank ich einen kleinen Schluck und gleich noch einen. Es schmeckte köstlich, nicht so süß wie normaler Kakao, viel, viel besser. Aber ein bisschen … nach was schmeckte es noch?, überlegte ich.

Anouk setzte sich neben mich auf das Sofa und sagte: »Heiße Schokolade schmeckt wie die Liebe, süß und ein bisschen bitter auch.«

Mit einem Ruck stellte ich die Tasse ab, dass die braune Flüssigkeit über den Rand schwappte und eine hässliche Spur auf Anouks Sofatisch hinterließ. »Oh nein, Anouk«, erklärte ich hastig. »*Ich* bin nicht verliebt, kein bisschen. Aber Mama…« Und dann fing ich an zu erzählen. Von allem, was schief gelaufen war, seit Mama sich ausgerechnet in Jan vergucken musste. Wie er mir meinen Platz weggenommen hatte. Dass Mama mich nicht einmal mehr in Schutz nahm. Wie sehr mich nervte, dass sie nur noch Augen für ihren Liebsten hatte und alles bewunderte, was er machte.

Anouk unterbrach mich kein einziges Mal. Sie saß da, nickte und hörte mir genau zu. »Du denkst, du wärst nun bei deiner Mutter abgeschrieben, so sagt man doch, oder?« Sie blickte mich fragend an.

»Woher – woher weißt du das?«, fragte ich erstaunt. Plötzlich ging mir ein schrecklicher Verdacht durch den Kopf. Hatte Mama ihr etwa gesagt, dass sie mich nicht mehr haben wollte?

Anouk legte ganz leicht ihre Hand auf meinen Arm und sagte: »Deine Mutter liebt dich mehr, als du ahnst, Mathilda. Sie war eben fast verrückt vor Sorge um dich.«

»Hah!«, rief ich aufgebracht und sprang vom Sofa. »Bist du dir da so sicher? Sie hat nur Augen für Jan. Alles andere ist ihr egal.« Aber dann fiel mir ein, dass Mama mir gestern Nacht nachgekommen war, weil sie mir etwas erklären wollte. Nur… ich hatte es nicht hören wollen. Ebenso wenig wie ich gestern beim Abendessen dabei sein wollte. Auf einmal breitete sich ein ganz anderes Gefühl in mir aus. Zweifel nagten an mir. Mehr und mehr. Und wieder wusste ich nicht, was ich tun sollte. Ratlos sackte ich auf das Sofa.

»Weißt du«, sagte Anouk und lächelte. »Wenn du mal so richtig verliebt bist, dann ist das wie mit einem Magneten. Alles zieht dich zu deinem Freund hin. So stark, dass du gar nicht dagegen ankannst. Du willst am liebsten die ganze Zeit in seiner Nähe sein oder ...« Anouk schmunzelte, »... ihn küssen. Gegen die Liebe kommt niemand an.«

»Aber in dem Alter«, wandte ich mit gesenktem Blick ein. »Mama ist doch schon vierzig.« Mir war es sehr peinlich, aber das musste doch mal gesagt werden.

»Ma petite, die Liebe kennt kein Alter«, erwiderte Anouk und ging ans Fenster. Ich stellte mich neben meine Patentante. Der Regen hatte aufgehört, der Himmel war bewölkt und darüber schob sich der dunkle Abendhimmel. Einen Moment war es ganz still. Nur von der Straße hallte der Verkehrslärm herauf.

»Aber die Liebe braucht Zeit«, sagte Anouk. »Deine Mutter muss auch mal alleine mit Jan sein. So, wie du auch mit deinen Freunden alleine sein willst.«

Sofort musste ich so sehr an einen Freund denken, der seit heute keiner mehr war. »Anouk ...«, fing ich an und meine Stimme klang piepsig. Aber es gab da eine Frage, die ich unbedingt los werden musste. Jetzt sofort. Sonst würde ich mich das nie wieder trauen. Ich holte Luft und stieß hervor. »Was würdest du machen, wenn jemand plötzlich sagt, er will nichts von dir?«

Meine Patentante blickte auf die Straße hinunter: »Und zu wem hat er das gesagt?«, fragte sie leise.

»Zu seinen Freunden! Und du glaubst nicht, was diese Idioten noch alles gesagt haben.« Die Wut kam zurück und das tat mir gut. »Ich habe es genau gehört, weil sie im Zug hinter mir …«

Anouk ließ mich nicht aussprechen. »Mathilda, wenn er das zu seinen Freunden gesagt hat, dann meint er das garantiert nicht!« Sie sah mich entschieden an und nickte zur Bestätigung.

»Was? Wie?«, rief ich und lief wieder aufgebracht durch das Wohnzimmer meiner Patentante. »Das soll er nicht meinen? Wieso sagt er es dann überhaupt? Das verstehe ich nicht.«

Anouk wartete ab, bis ich stehenblieb. »Mathilda, wenn Jungs in Gruppen sind, benehmen sie sich anders, als wenn du sie alleine triffst. Das war früher schon so und das wird immer so sein.«

Ich sah sie überrascht an. Ob das wirklich stimmte? Ich überlegte. Ja, vielleicht. Einzeln konnte man sich mit den Jungs in meiner Klasse ganz normal unterhalten. Aber sobald es drei oder mehr auf einem Fleck waren, war es vorbei. Dann wurden sie laut oder mussten sich beweisen, wer der Stärkere war. »Aber warum sagt Mats dann so etwas über mich?«, fragte ich und blickte verlegen auf den Fußboden. So, als ob es da etwas Interessantes geben würde.

»Nun, wahrscheinlich sollen seine Kumpel nicht wissen, dass du ihm wichtig bist.« Anouks große Halskette klimperte leise, als sie zu mir kam, den Arm um mich legte und fragte: »Vielleicht sogar sehr wichtig?«

Ich sah meine Patentante überrascht an. »Wie doof ist das denn?«, stöhnte ich. »Da blickt doch keiner mehr durch.«

Anouk stupste mich an. »Ich glaube, wir Mädels geben den Jungs auch so einige Rätsel auf.« Und das fand ich nur fair!

An diesem Abend lag ich auf dem Sofa in Anouks Wohnzimmer und überlegte. Wenn Mats nicht den Mut hatte zuzugeben, dass wir befreundet waren, dann … Ja, was dann? Sollte er dann Luft für mich sein? Und wenn er das wäre … Auf einmal zuckte ich zusammen. Konnte oder wollte ich dann überhaupt noch mit Mats über Silvester in die Berghütte fahren?

Schluss mit lustig!

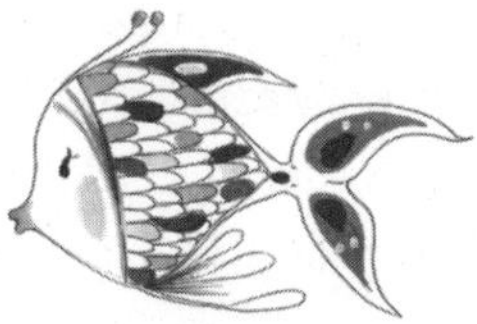

Am nächsten Tag stand mein Entschluss fest: »Von jetzt an sind Mats und auch alle anderen Jungs Luft für mich«, erklärte ich meiner abf Hannah, als ich am Sonntagabend wieder zu Hause war und mein Handy aufgeladen hatte. Doch nun war die Welt ziemlich in Ordnung. Hannah würde mich verstehen, das wusste ich. Auf meine abf konnte ich mich immer verlassen. Unser Kater Kralle lag wie ein weiches graues Kissen zusammengerollt und schnurrend auf meinem Bauch.

»So, so«, hörte ich Hannahs Stimme aus dem Telefonhörer. »Alle Jungs sind also von nun an Luft für dich?«

»Nichts als Luft«, erklärte ich wild entschlossen.

»Genau …«, pflichtete mir meine abf bei, um dann hinzuzufügen, »… aber ohne Luft können wir nicht leben, oder?«

Mir fehlten fast die Worte. Mit so einem Spruch hatte ich überhaupt nicht gerechnet. Das klang so … ich wusste gar nicht, wie es klang. Plötzlich kam ich mir schrecklich brav vor. »Aber Hannah«, stammelte ich verwirrt.

»Mathilda, bist du dir wirklich sicher, dass du ohne Luft

leben kannst?«, fragte meine abf und ich wusste genau, dass sie dabei grinste.

Das störte mich nicht nur ein bisschen. Das störte mich riesig. Mein Atem ging schneller. Auf wessen Seite war sie eigentlich, wenn ich sie mal dringend brauchte? »Hör mal, Hannah, du wirst sehen, wie wunderbar ich ohne diesen Idioten von Mats auskommen werde«, rief ich aufgebracht. »Überhaupt können mir alle Jungs gestohlen bleiben!«, zischte ich in den Hörer. »Denn glaub mir eines, diese Flachschädel interessiert bei Mädchen nur eine Sache – und das ist die Körbchengröße.« Ich schnappte nach Luft. »Was ich nie geglaubt hätte, wenn ich es nicht rein zufällig im Zug hätte hören müssen, verdammt noch mal!« In meinem Bauch meldete sich die Wut zurück.

Auf meinem Bauch hob Kralle kurz seinen Kopf und sah mich anklagend an. Er hasste es, wenn sein Schlummerkissen – und das war ich in dem Moment – hektisch wurde. Aber wie sollte ich ruhig bleiben, wenn alles in mir vor Empörung kochte? Um mich zu beruhigen, atmete ich tief ein und aus. Unser Kater wurde dabei offenbar ein bisschen seekrank, denn blitzschnell krallte er seine Vorderpfoten in meinen Pullover. »Autsch«, quiekte ich.

»Bereust du deinen Entschluss?«, wollte meine abf wissen. Wieder war ich mir sicher, dass sie dabei grinste.

Das brachte mich so richtig auf die Palme. »Auf wessen Seite stehst du eigentlich, Hannah?«, fauchte ich. »Mein Entschluss steht fest. Ab heute ist Mats Luft für mich!«

»So, so«, machte Hannah und lachte. »Na, das wird bestimmt aufregend mit euch beiden.«

»Hör auf damit. Es reicht!«, schnaubte ich und hätte vor

Wut am liebsten den Telefonhörer gegen die Wand geschleudert. Aber dann hätte Hannah nicht mehr gehört, was ich ihr zu sagen hatte. »Hör mir zu, Hannah«, schrie ich so laut, dass Kralle mit einem Satz von meinem Bauch sprang. »Ab heute ist Schluss mit Mats und Schluss mit lustig, kapier das endlich.«

»Alles klar«, hörte ich Hannahs Stimme, zur Abwechslung mal ernst, aus dem Hörer. Einen Moment war es zwischen uns ganz still und dann fragte sie leise: »Aber hast du dir schon mal überlegt, Mathilda, wie du es anstellen willst, dass du Mats ab sofort nicht mehr sehen wirst? In Krähwinkel lauft ihr euch doch ständig über den Weg.«

Daran hatte ich längst gedacht. »Ach, das kriege ich locker hin«, erklärte ich. Es würde ganz einfach sein: In meinem Zimmer würde ich das Rollo am Fenster zur Straße einfach nicht mehr hochziehen. Genau so, wie Mats das bei unserem letzten Streit auch gemacht hatte. Damit wäre sofort Schluss mit den Lichtzeichen und unseren nächtlichen Telefonaten. Am Schulbus und auf dem Schulhof würde ich durch ihn hindurchsehen. Was diese Zicke von Julia konnte, das konnte ich schon lange. Aber dann fiel mein Blick auf einen Zettel an meiner Pinnwand und ich seufzte. *6. Dezember – 18 Uhr Vorspielen auf der Nikolausfeier im Altenheim.* Und darunter standen die Namen einiger Musikschüler. Meiner auch.

»Hannah«, stöhnte ich, »es gibt da nur ein Problem. Was mache ich bloß an Nikolaus?«

»Nikolaus?«, echote meine allerbeste Freundin, um dann verwundert wie selten zu fragen: »Mathilda, wie kommst du denn jetzt auf Nikolaus?«

»Ausgerechnet dann spielen Mats, ich und ein paar andere aus der Musikschule Nikolauslieder im Altenheim vor«, stieß ich zwischen zusammengebissenen Zähnen hervor. Eines wusste ich genau: Mama würde nie zulassen, dass ich das kurzfristig absagte. Aber wie sollte ich gemeinsam mit Mats auftreten? Nachdem er mich so bloßgestellt hatte? Auf einmal kam mir ein Gedanke. Der war so gut, dass ich aufsprang. »Hah!«, schrie ich kampflustig in den Hörer. »Da gibt es jemanden, der sich lieber schon mal warm für Nikolaus anziehen sollte!«

»Oh du fröhliche!«, erwiderte Hannah. »Der arme Kerl tut mir schon jetzt leid.«

Oh du fröhliche

Seit Jahren hatte ich nicht mehr so sehnsüchtig auf den Nikolausabend gewartet … oder besser gesagt gelauert. Es schneite in winzigen Flocken, als ich im Dunkeln von der Bushaltestelle zu dem Altenheim lief. Die anderen von der Musikschule waren schon da. Das sah ich sofort, als ich durch die erleuchteten und geschmückten Fenster in den Saal hineinblickte. Pauline saß bereits am Klavier und selbst durch die geschlossenen Fenster hörte ich, dass sie Tonleitern spielte. Sara packte ihre Klarinette aus. Nur ein blasser Mats stand da und schien sich an seinem Saxophonkoffer festzuhalten. Ich wusste, warum. Obwohl Mats richtig gut Saxophon spielte, trat er total ungern auf und war vor jedem Konzert immer schrecklich nervös. Das hatte er mir mal verraten. Nun gut, das war sein Problem, nicht meines.

Ich riss die Tür zu dem Saal auf, warme Luft schlug mir entgegen. Als ich meine Jacke und meinen dicken Schal an der Garderobe auszog, knisterten meine Haare, als seien sie elektrisch aufgeladen. Und so fühlte ich mich auch. Total geladen!

Schon kam mir Mats entgegen. »Gut, dass du da bist, Mathilda«, rief er erleichtert und fügte leise hinzu, so, dass nur ich es hören konnte. »Ohne dich pack ich das Vorspielen echt nicht.«

Ob du dich da nicht mal irrst, dachte ich und unterdrückte mühsam ein gehässiges Grinsen. Schnell beugte ich mich über meinen Gitarrenrucksack. Während ich den Reißverschluss aufzog, hörte ich Mats' Stimme. »Ist was, Mathilda?«, fragte er unsicher.

In diesem Moment hätte ich aufsehen und sagen können: ›Ja, Mats, rein zufällig habe ich vorgestern im Zug gehört, was du über mich gesagt hast. Und das hat mich echt verletzt.‹ Aber das würde ich nicht machen, denn ich hatte mir etwas anderes vorgenommen! Deshalb sah ich Mats nicht an, sondern fragte nur schnippisch zurück: »Was ist?«, um nach einem Blick auf mein Handy hinzuzufügen: »Kann ich dir sagen. Höchste Zeit zum Einstimmen ist!« Lässig, so, als ob ich ständig auftreten würde, ging ich mit meiner Gitarre zu den anderen in den Saal hinüber und ließ Mats einfach an der Garderobe stehen.

Aber er war mit einem Schritt neben mir. Seine Stimme klang rau. »Du warst heute in der Schule auch schon so anders, Mathilda. Sag mir bitte, was ist.« Er blieb vor mir stehen und sah mich an. Bittend. Mit seinen unglaublichen Augen. Auch ein bisschen unsicher.

Etwas in mir schmolz, wie eben die Schneeflocken auf meiner Jacke. Schon löste sich mein Vorsatz fast in Luft auf. Vielleicht war es wirklich zu gemein, was ich vorhatte?, überlegte ich. Einen Moment lang wollte ich einfach nur, dass alles zwischen uns wieder so war wie sonst. Aber dann dachte ich: STOPP, Mathilda! Hast du etwa schon alles vergessen? Du hast es selbst gehört. Mats will nichts von dir. Er findet dich kleinkindhaft und hat dich vor all seinen Freunden lächerlich gemacht. Seinetwegen hattest du den schlimmsten Tag aller Zeiten. Das reichte. Wie von selbst strafften sich meine Schultern. Mit erhobenem Kinn erwiderte ich knapp: »Ich weiß nicht, was du meinst, Mats«, und ging auf meinen Platz.

»Wirklich?«, fragte Mats, nicht besonders überzeugt, während er seinen Notenständer aufklappte und die Notenblätter darauflegte. Statt einer Antwort setzte ich mich, nahm meine Gitarre und stimmte sie. Pauline am Klavier gab einen Ton vor. Auch Mats spielte sein Saxophon.

Nach und nach kamen die alten Leute in den Saal. Stühle wurden gerückt, Rollstühle und Rollatoren geparkt und das Getuschel verstummte, als der Heimleiter uns vorstellte und im Anschluss an unsere Lieder den Besuch des Nikolaus ankündigte. Dann wurde das Licht im Saal gelöscht. Nur ein paar Strahler tauchten uns in helle Lichtkegel. In einem davon, gleich neben mir, leuchteten Mats' dunkelrote Haare hervor, während sein Gesicht blass war.

Unsere Musiklehrerin stellte sich vor uns hin und hob den Taktstock. Wir begannen mit »Niklaus, komm in unser Haus«, ein Stück, das ich im Schlaf spielen kann. Aber nicht heute. Mit Absicht verpatzte ich meine Einsätze. Mats versuchte zwar stets, sich dem Tempo der Gitarre anzupassen, doch das Stück war nicht mehr zu retten. Es ging mit einem Missklang zu Ende. Die alten Leute klatschten trotzdem Beifall.

Vom Klavier aus warf mir Pauline einen raschen Blick

zu. Ob sie wohl etwas ahnte? Aber, so dachte ich, immerhin konnte ja jeder mal einen schlechten Tag haben.

Schon spielten wir das nächste Lied. Die erste Strophe von ›Lasst uns froh und munter sein‹ ertönte. Viele der alten Leute sangen begeistert mit. Von wegen froh dachte ich, während mir rein zufällig der Fuß ausrutschte und gegen den Notenständer von Mats stieß. Rasselnd kippte das Ding auf das Parkett und die Notenblätter schwebten raschelnd über den Boden. Falls jemand zuvor heimlich im Saal ein Nickerchen gehalten hatte, war er nun jedenfalls wach.

Mats war nicht mehr blass, sondern knallrot. Hastig sprang er auf und sammelte seine Notenblätter ein. »Entschuldigung«, sagte er verlegen zum Publikum, um dann seinen Notenständer wieder aufzustellen. Doch weil ihm die Hände so zitterten, fielen ihm die Notenblätter aus der Hand und schwebten wieder über das Parkett.

Sara legte ihre Klarinette hin, sprang auf und sammelte die Notenblätter für ihn ein. Mats murmelte mit gesenktem Blick ein Dankeschön.

Als alle wieder saßen, sagte unsere Lehrerin mahnend: »Jetzt bitte mit voller Konzentration.« Aber Mats war so durcheinander, dass er oft patzte, und ich patzte mit Absicht. Unsere Lehrerin sah erleichtert aus, als wir das letzte Stück gespielt hatten. Wir standen alle auf und verneigten uns nebeneinander vor dem Publikum. Dieses Mal passiertes es wirklich nicht mit Absicht. Als ich mich verbeugte, rutschte mein Gitarrenhals zur Seite, so dass er an der Kapuze von Mats neuer Wolljacke hängenblieb und der Stimmwirbel verhakte sich in der Wolle.

Mats neben mir erstarrte, als hätte ich ihm eine Pistole in

den Nacken gedrückt. Er fürchtete bestimmt, dass bei seiner Jacke eine Masche gezogen wurde. Immerhin hatte er sie sich erst letztens gekauft, als wir zusammen in Köln gewesen waren. »Moment, ich hab's gleich«, stammelte ich, während ich verzweifelt versuchte, den Stimmwirbel aus Mats' Kapuze zu lösen. Mir kam es so vor, als ob es endlos dauerte und meine Finger waren schweißnass.

Die alten Leute machte unser Anblick ausgesprochen froh und munter. Einige kicherten, andere hielten sich die Hand vor den Mund, um ihr Lachen zu verbergen, und sie klangen fast so ausgelassen wie meine Klasse in einer Vertretungsstunde.

Ich hatte Mats gerade befreit, als die Flügeltür des Saals aufging und der Nikolaus auf seinen Bischofsstab gestützt hereinschritt. Er nickte jedem von uns auf der Bühne freundlich zu. Sogar mir. Rasch senkte ich meinen Blick. Wieso fühlte sich mein Bauch plötzlich so an, als hätte ich viel zu viel rohen Plätzchenteig genascht? Also, richtig schlecht.

Während sich der Nikolaus in einen hohen Lehnsessel setzte, ging mir eine Frage immer wieder durch den Kopf: Was hast du nur getan?, dachte ich. Die Antwort war klar, ich hatte mich an Mats gerächt. Ganz, ohne Rücksicht auf die alten Leute zu nehmen. Ich schaute über die langen Stuhlreihen unter uns, wo viele ergraute Köpfe, einige blau schimmernde und ein rot gefärbter Kopf zu dem Nikolaus schauten. Plötzlich fiel mir etwas Schreckliches ein. Alte Menschen konnten sterben. Vielleicht war dies die letzte Nikolausfeier, die einige der Heimbewohner noch erleben würden? Ich schluckte. Meinetwegen hatten sie keines der Lieder richtig gehört. Und nicht nur das. Ich hatte die Nikolausfeier ins Chaos gestürzt. Das konnte ich nie wieder gutmachen.

In dem Moment fand ich mich so schrecklich, dass ich am liebsten vor mir selbst davongelaufen wäre. Aber etwas tat noch mehr weh. Kaum war die Nikolausfeier vorbei, lief Mats davon. Vor mir. So wie ich am Samstag vor ihm aus dem Zug geflüchtet war. Eigentlich wären wir jetzt quitt. Nur so fühlte es sich nicht an. Überhaupt nicht. Sondern so, als hätte ich den größten Fehler aller Zeiten gemacht. Wie sollte es jetzt weitergehen?

Amor auf vier Pfoten

Das fragte ich an diesem Abend all meine Freundinnen und bekam ganz unterschiedliche Antworten.

Linn meinte: »Wieso, wo ist das Problem? So hatten die alten Leute wenigstens mal was zu lachen!«

Philippa sah nachdenklich aus und drehte eine lange Haarsträhne um den Finger, wie immer, wenn sie genau nachdenkt. Dann sagte sie: »Sprich mit Mats, sobald es geht!«

Hannah dagegen klang fast wie eine Wahrsagerin: »Dass sich dein Gitarrenhals in seiner Kapuze verhakt hat, das hat viel mehr zu bedeuten, merkst du das nicht, Mathilda?«, verkündete sie. »Es zeigt, dass ihr miteinander verbunden seid, auch wenn du es nicht willst.«

Ich stöhnte. Wie bitteschön, sollte mir das denn weiterhelfen? Zumindest wollte ich Philippas Rat umsetzen und Mats sagen, dass es ein Versehen war. Und das war nicht einfach! Dreimal wählte ich seine Handynummer, aber legte vorher wieder auf. Doch beim vierten Mal blieb ich dran, nur um dann zu hören, dass der gewählte Teilnehmer nicht erreichbar war. Wann konnte ich endlich mit Mats sprechen?

Am nächsten Morgen war es eiskalt. Alles lag wie erstarrt unter einer grauen Nebelschicht, Bäume und Büsche waren von einer Schicht Eis überzogen. Vivienne, die ich insgeheim Miss Perfekto nenne, stand neben uns an der Bushaltestelle, während Mats schweigend an der einen Seite des Bushäuschens lehnte, ich an der anderen. Weiße Atemwolken stiegen auf, als Vivienne zu uns nach links und rechts schaute, um dann spitz zu fragen: »Na, herrscht mal wieder Eiszeit zwischen euch?«

Na klar, dachte ich, natürlich musste diese blöde Kuh gleich auf unseren Streit aus dem Herbst anspielen, als Mats wochenlang nicht mit mir gesprochen hatte. Es ist wirklich ein Nachteil, wenn man in einem Dorf mit nur zehn Häusern wohnt. Jeder weiß alles von jedem.

»Apropos Eis«, erklang Mats' Stimme vom anderen Ende des Bushäuschens. »Hast du deine Pläne, zum Modeln nach New York zu gehen, eigentlich auf Eis gelegt, Vivienne?«

Das war so was von schlagfertig von ihm! Ich biss mir auf die Lippen, um nicht laut zu lachen. Vivienne hob das Kinn und ihre kinnlangen Haare wippten, als sie von oben herab erklärte: »Nein, aber ich bin wählerisch. Bislang war noch nicht das richtige Angebot für mich dabei.«

Der Bus kam und Mats war sofort von seiner halben Wasserballmannschaft umringt. Ich seufzte. Nun musste ich bis zur großen Pause warten, um ihn alleine zu erwischen. Oder nein, musste ich nicht. Ich zog mein Handy hervor, hakte einen Arm um die Haltestange des Busses und tippte:

DAS BEI DER NIKOLAUSFEIER WAR ECHT NICHT MIT ABSICHT! TROTZDEM SORRY.

Ob Mats meine Entschuldigung annehmen würde? Die

Antwort kam in der ersten Pause. Mein Handy vibrierte und meine Hand auch, als ich auf das Display starrte. Mats hatte geschrieben:

ZUMINDEST HAT UNS KEINER VON DEN ALTEN LEUTEN GEFILMT UND AUF YOUTUBE GESTELLT.

Ich lachte laut auf und war so glücklich, dass er mir nicht mehr böse war. Aber wo steckte Mats eigentlich? Oft spielte er mit den Jungs aus seiner Stufe in der Nähe des Seitenausgangs Fußball. Aber da war er nicht. Ich sah mich in dem Gewimmel auf dem Schulhof um. Das hätte ich nicht tun sollen. Denn als ich Mats entdeckte, erstarrte ich. Diese Schönheit von Saskia, die schon auf unserer Halloweenparty nicht von seiner Seite gewichen war, stand fröstelnd neben Mats. So als ob sie darauf wartete, dass er seinen Arm um sie legte, um sie zu wärmen. Dabei konnte ihr nicht wirklich kalt sein. Saskia trug einen absolut angesagten warmen Wintermantel mit passender Mütze und Schal, was ihr auch noch ausgezeichnet stand. Es war nicht fair! Wieso hatten manche Mädchen einfach alles, super Aussehen *und* perfektes Styling, während ich in meiner alten Winterjacke vom letzten Jahr steckte, die mir an den Ärmeln bereits etwas zu kurz wurde? Ich wusste genau, wie das aussah. Kleinkindhaft. Schnell drehte ich mich um und stand vor meinen besten Freundinnen.

»Habt ihr das gesehen? Da steht schon wieder diese Saskia bei Mats«, meinte Linn. »Die hat gestern mal wieder bei uns angerufen. Angeblich, weil Mats mit ihr Mathe üben soll. Aber glaubt ihr …«

Philippa gab Linn einen Stups und warf ihr einen raschen Blick zu, der besagte: ›psst‹. Doch zu spät. Ich hatte es gehört. Etwas in mir stach wie ein spitzer Bleistift. Mir war ganz klar, was Saskia wollte. Mats! Mathe war ihr in dem Fall garantiert egal. Da war ich mir ganz sicher. So, wie sie ihn anhimmelte. Ich schluckte.

Philippa hakte sich bei mir ein, während sie uns durch die Kälte zum anderen Ende des Schulhofes führte. »Mathilda, warum lädst du Mats nicht mal in der Adventszeit ein?«, sagte sie. »Zum Beispiel zum Bratapfelfest in Großwinkel. Das findet immer am 4. Advent statt.«

Linn nickte und rief strahlend. »Stimmt, das ist herrlich, es duftet aus allen Holzhütten nach Apfel und Zimt. Abends ist alles schön mit Lichterketten beleuchtet.«

Philippa beugte sich vor und flüsterte in mein Ohr: »Na, wäre das nicht mal richtig romantisch?«

»Weiß nicht«, murmelte ich verlegen in meinen Jackenkragen. Sollte ich mich trauen und Mats eine Verabredung vorschlagen?

»Ja, unbedingt«, sagte Philippa, als ob sie meine Gedanken gelesen hätte. Inzwischen waren wir am Ende des Schulhofes angekommen und drehten um. Gut, beschloss ich im Stillen. Wenn ich zehn Schritte mache, ohne auf die Rillen der Pflastersteine zu treten, dann traue ich mich. Dann gehe ich zu Mats und frage ich ihn, ob er sich mit mir verabreden will. Mein Herz schlug schneller, während ich meine Schritte zählte. Ein, zwei, drei, vier… Ich hörte unsere Absätze auf dem gefrorenen Boden. Keine Rille. Acht, neun, zehn Schritte, ohne auf eine Rille zu treten. Es war entschieden, ich würde Mats fragen! Wahnsinn, dachte ich, das ist dann ein richtiges Date. Was ziehe ich dazu nur an und… In dem Moment sah ich auf. Meine Freude erstarrte. Zehn

Meter vor uns fütterte Saskia Mats mit Weihnachtsplätzchen und Mats sah nicht so aus, als ob er etwas dagegen hätte.

Alles, was sich eben noch leicht und glitzernd wie Seifenblasen in mir angefühlt hatte, war nun wie aus Eis. Denn eines wusste ich ganz genau: Ich brauchte Mats nicht mehr zu fragen, ob er sich mit mir verabreden würde. Bis zum Bratapfelfest würde er nicht mehr solo sein. Garantiert nicht. Dafür würde Saskia schon sorgen. Schnell wandte ich mich ab, denn ich konnte es nicht mehr mit ansehen.

Linn aber warf einen letzten Blick zu ihrem Bruder hinüber und schüttelte den Kopf: »Okay, ich weiß nicht, wie es ist, verliebt zu sein. Aber das muss ein bisschen dumm in der Birne machen.«

Das kann gut sein. Aber bei mir tut es vor allem weh.

Zum Glück passieren immer Dinge, mit denen man gar nicht rechnet!

Als ich eines Nachmittags zu Scott kam, um unser Referat fertig zu schreiben, war die Haustür nur angelehnt. Das war seltsam, denn Scott wohnt in einem ganz modernen Haus, das sogar eine Alarmanlage hat. Wie furchtbar laut die heulte, das hatte ich bei meinem letzten Besuch gehört, als Scott die Haustür geöffnet hatte, ohne zuvor die Alarmanlage auszuschalten. Deshalb blieb ich vorsichtig vor der Haustür stehen. Auf keinen Fall wollte ich einen neuen Alarm auslösen.

Aber dann hörte ich von der anderen Seite der Tür ein aufgeregtes Hecheln. Das konnte nur eine sein: Mindy, Scotts kleine Hündin. Krallen scharrten innen an der Haustür, dann schwang die Tür ein Stück auf und der kleine Hund lief mir entgegen. Aber sie sah anders aus als sonst. Um ihren Hals trug sie eine dicke rote Schleife.

Ich kniete mich vor der Haustür zu ihr. »Na, Mindy«, sagte ich und kraulte sie hinter den Ohren. »Bist du schon in Weihnachtsstimmung?« Ich stoppte, denn jetzt sah ich, dass in der Schleife ein zusammengerollter Zettel und ein Stift steckten. Außen, auf dem Zettel, stand in Scotts Schrift: »Für Mathilda!« Na so was, was war das denn? Verwundert strich ich Mindy über das Fell, ohne den Zettel herauszuziehen. Sie stupste mich mit ihrer feuchten Nase an. So, als ob sie sagen wollte: ›Na los, jetzt mach schon!‹

»Okay, okay«, flüsterte ich, während ich den Zettel aus der roten Schleife zog. Aber das ging nur schwer, da plötzlich meine Hände ganz zitterig waren. Immerhin hatte ich noch nie so eine Nachricht bekommen. Aufmunternd schob Mindy ihren Kopf unter meinen Arm, während ich den Zettel aufrollte und las, was da über dem aufgeklebten Stift stand:

Mathilda, willst du mit mir zusammen sein? Kreuze an:

Ja _ Ja _ Ja _

Scott XOX

War das romantisch! Obwohl da mein Name schwarz auf weiß stand, konnte ich es nicht glauben. Scott wollte mit *mir* gehen! Fast jedes Mädchen in unserer Klasse hätte sich darüber nicht eingekriegt. Es gab nur ein Problem … ich wusste auf seine Frage keine Antwort!

War ich eigentlich in Scott verliebt?, überlegte ich, während ich mit Mindy an meiner Seite vor der Haustür kniete. Scott brachte mich immer zum Lachen, das mochte ich sehr. Ich fand toll, dass er drei Sprachen sprach, wirklich gut aussah und sein Styling war super. Nur … ich dachte nicht an ihn, wenn ich abends im Bett lag. Nein, ich stellte mir auch nicht vor, wie es wäre, wenn wir uns umarmen würden. Hm, aber es gab da einen anderen Jungen, bei dem ich mir das ausmalte. Ziemlich oft sogar. Um den ich schon zweimal richtig große Angst gehabt hatte und der mich auf eine Art anschaute, dass alles in mir ganz flattrig wurde. War das so, wenn man verliebt war? Mist, ich hatte ja gar keine Vergleichsmöglichkeiten. Wie sollte ich mich jetzt entscheiden?

Ratlos stand ich auf. Mindy lief um meine Beine und wedelte vergnügt mit ihrem Schwanz. Was sollte ich Scott jetzt antworten? Ob ich schnell meine abf Hannah anrufen sollte? Die hatte beim Thema Jungs immer bestens den Durchblick. Ich griff schon nach dem Handy in meiner Jackentasche, doch dann kam es mir kindisch vor, meine Freundin zu fragen, was ich antworten sollte. Immerhin war das ja eine Entscheidung, die nur ich treffen konnte. Ich spielte mit dem Stift, dann hielt ich den Zettel gegen die Haustür und schrieb auf die Rückseite:

Bitte ankreuzen:
Scott, willst du mein Freund sein,
ohne in der Schule zu küssen,
aber mit viel Spaß?
_ Ja _ Ja _Ja
Mathilda

Den Zettel band ich Mindy um, zeigte ins Haus und rief: »Lauf, wo ist Scott?« Noch nie kamen mir Sekunden so endlos lang vor, bis ich Schritte im Flur hörte, die zur Haustür kamen.

Fast im siebten Himmel

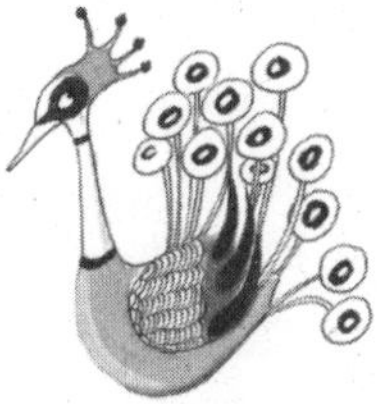

Dann stand Scott vor mir. Eigentlich hätte ich gar nicht so aufgeregt sein müssen, denn wir lächelten uns an. Da war eigentlich schon alles klar, aber trotzdem machten wir sechs Kreuze auf dem Zettel, also jeder drei. Seitdem sind wir zusammen! Diese Nachricht machte bereits am nächsten Tag während der Regenpause in unserer Klasse die Runde, als Scott und ich uns einen warmen Kakao holen wollten.

»Oh my gosh«, kreischte Julia, die neuerdings so überdreht spricht wie die Stars in einer amerikanischen Fernsehserie. »Mathilda und Scott sind ein Paar, das ist ja soooooo süß! Beide mit dunklen Locken und immer so stylish. Ihr passt einfach p-e-r-f-e-k-t zusammen.«

Obwohl Julia nur vier Meter vor mir auf einem Tisch saß, traute ich meinen Ohren nicht. Meinte sie, die Beliebteste unserer Klasse, wirklich *mich*? Julia, die mich sonst immer übersah, kriegte sich nun vor Begeisterung kaum ein. Wieso sollte das plötzlich ganz anders sein?

»Keep cool!« Scott winkte lässig ab, während ich – immer

noch verwundert – neben ihm an der Tür stand. Eine Horde Jungs, die sich bislang in unserer Klasse eine Schlacht mit Papierkugeln, Radiergummis und Linealen geliefert hatten, hörten sogar damit auf. Auf einmal schaute uns die ganze Klasse neugierig an. Noch nie war ich mir so beobachtet – oder vielleicht auch so beachtet – vorgekommen. Egal wie, das fühlte sich richtig gut an!

Scott war der Trubel egal. Er fasste meine Hand. »Was ist, trinken wir noch einen Kakao?« Ich zögerte kurz. Eigentlich wäre ich gerne in der Klasse geblieben, wo es gerade so interessant wurde. Aber mein Freund lächelte mich so süß an, dass ich nicht nein sagen konnte. Zu zweit gingen wir in den Flur hinaus, aber selbst dort hörten wir noch, wie Julia durchs Klassenzimmer rief: »Was ist, findet ihr die beiden nicht supersüß?« Sofort echote ihr Gefolge: »Ja, Scott und Mathilda sind das Traumpaar.«

Mein Herz schlug schneller. Ich hätte wirklich nicht gedacht, dass es so aufregend ist, einen Freund zu haben. Hand in Hand liefen Scott und ich die Treppen hinunter. Vivienne kam uns entgegen und warf mir einen neidischen Blick zu. Es tat richtig gut, das neue Traumpaar zu sein! Ich war im siebten Himmel, bis wir uns in die Warteschlange vor der Kakaoausgabe stellten. Man sollte ja meinen, dass eine Schule, auf die mehr als tausend Schüler gehen, groß genug ist, um sich nicht ständig über den Weg zu laufen. Aber Fehlanzeige!

Am Anfang der Schlange stand Saskia, mal wieder neben Mats. Heute trug sie einen enganliegenden Wollpullover, der bewies, dass die Jungs im Zug mit ihren Schätzungen nicht so ganz falsch gelegen hatten. Aber das war nur das eine. Viel mehr störte mich, wie bewundernd Saskia zu Mats aufsah, während er ihr etwas erzählte. Pah, ich fand es total albern, wie sie ihn dabei anhimmelte. Dass Saskia das nicht peinlich war!

Es wäre viel besser gewesen, ich hätte mir den Adventskranz mit den vier kitschigen roten Elektrokerzen angesehen, der mitten in der Eingangshalle der Schule hing, nach bekannten Gesichtern in dem Gewimmel der Schüler gesucht oder meinetwegen dem Hausmeister dabei zugesehen, wie er einen Spind aufschraubte. Aber ich konnte nicht anders, ich musste Mats und Saskia weiter beobachten.

Jetzt lachte Saskia glockenhell über etwas, das Mats gesagt hatte, und warf dabei ihren Kopf in den Nacken, so dass ihre langen Haare wild über ihren Rücken fielen.

Moment mal, dachte ich. Was hat das denn zu bedeuten, dass Mats bei ihr so witzig war? Mats konnte sehr komisch sein, aber nur bei Leuten, die er gut kannte … ›Du weißt, was es heißt‹, ging mir ein Endlostext durch den Kopf. ›Du weißt, was es heißt.‹ Mir wurde kalt, eiskalt.

»Hey, frierst du?«, fragte Scott neben mir und legte seinen Arm um mich. Ich zuckte zusammen. Irgendwie hatte ich meinen Freund, obwohl er doch gleich neben mir stand, ganz vergessen. Das lag bestimmt nur daran, dass ich noch nicht so viel Übung darin hatte, ein Traumpaar zu sein. Oder? Ich fröstelte und legte die Arme um meine Schultern. Wieso musste ich ausgerechnet jetzt wieder an den kühlen Sommerabend denken, als Mats mir seine Trainingsjacke ausgeliehen hatte? Damals, als wir gemeinsam nach unserem vermissten Kralle gesucht hatten.

»Hier!« Scott reichte mir einen dampfenden Becher Kakao herüber. »Davon wird dir bestimmt wieder warm.«

Ich murmelte ein Dankeschön, während ich mir selbst in Gedanken energisch sagte: ›Schluss mit diesen blöden Erinnerungen!‹ Denn das war alles Vergangenheit. Aus und vorbei! Das konnte ich deutlich sehen. Unter dem Adventskranz standen Mats und Saskia und tranken abwechselnd kleine Schlucke aus einem Becher Kakao. Natürlich lächelte Saskia jedes Mal Mats zuckersüß an, wenn sie ihm den Becher zurückreichte.

Ich wandte mich ab. Warum war ich eigentlich nicht auf die romantische Idee gekommen, mir mit Scott einen Becher Kakao zu teilen? Immerhin waren wir das Traumpaar! Nur, warum fühlte ich im Moment gar keine Schmetterlinge im Bauch? Auf Wolke sieben schwebte ich auch nicht mehr. Wahrscheinlich braucht es dazu etwas romantischere Atmosphäre als eine volle Schul-Eingangshalle und Kakao in Plastikbechern, sagte ich mir selbst. Aber am Samstag, auf Hannahs Geburtstagsparty, da würde alles perfekt sein. Das erste Mal würde ich mit meinem Freund zu Hannah kommen. Sie würde Augen machen!

Hannahs Party

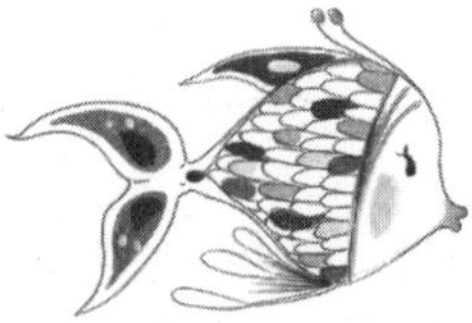

Ich freue mich so, dass du mit zu Hannahs Party kommst«, sagte ich, als Scott und ich am Samstag Hand in Hand durch unser altes Viertel liefen. »Du wirst dich super mit Hannah verstehen. Sie ist so witzig und lässig wie du!«

Scott blieb stehen und flüsterte mir ins Ohr: »So, bin ich das?«, dass es kitzelte. Ja, genau so musste sich Verliebtheit anfühlen, da war ich mir ziemlich sicher. Wir kamen durch eine der Straßen mit vielen witzigen Läden, als Scott mich plötzlich in einen Blumenladen zog. Die Glöckchen an der Tür bimmelten, bestimmt würde jeden Moment die Floristin kommen, um uns zu fragen, was wir haben wollten. Und das machte mich nervös. Denn ich hatte gar kein Geld mehr, weil ich seit meiner Flucht nach Köln pleite war. »Aber, Scott, was sollen wir denn hier?«, flüsterte ich und sah mich rasch um. »Wir haben doch schon ein Geschenk für…« Weiter kam ich nicht.

Scott zog mich an sich und küsste mich. So plötzlich, dass ich auch den zweiten Kuss meines Lebens glatt verpasste. Ich schnappte nach Luft und muss ihn so verwundert angesehen haben, dass er grinsend nach oben deutete. Über uns hing von der Decke ein grüner Zweig mit weißen Beeren. »Alter englischer Weihnachtsbrauch«, Scott strahlte mich an. »Wer sich unter einem Mistelzweig trifft, muss sich küssen. Das bringt Glück!«

»Was darf es denn sein?«, schnarrte eine Stimme hinter den hohen Blumentöpfen.

»Glück!«, kreischte ich und zog Scott aus dem Laden. Lachend rannten wir die Straße hinunter, bis wir atemlos vor Hannahs Haus standen. Aber ich drückte noch nicht ihren Klingelknopf. »Scott, das ist echt schön mir dir«, rief ich schnell und gab ihm einen ebenso schnellen Kuss.

Hand in Hand liefen wir die Treppen bis in die vierte Etage zu Hannahs Wohnung hinauf. Sie stand über das Geländer gebeugt und ihre langen schwarzen Haare fielen fast bis zu ihren Ellenbogen. Ich finde, Hannah ist das hübscheste Mädchen, das ich kenne. Ihre Mutter kommt aus Tibet. Wie sie hat Hannah honigfarbene Haut und einen Teint, um den sie selbst die stets perfekt gestylte Vivienne beneiden würde.

»Hey, Geburtstagskind«, rief ich und umarmte meine abf. »Alles, alles Gute und das ist Scott!«

Der sah Hannah mit großen Augen und so verwundert an, als ob plötzlich Asterix und Oberlix vor ihm auf dem Treppenabsatz stehen würden. Auch Hannah wirkte überrascht. Keiner der beiden sagte etwas. Warum eigentlich, überlegte ich, als plötzlich das automatische Treppenhauslicht ausging. Hannah drückte im Dunkeln auf den Lichtschalter, es wurde wieder hell. Sie warf ihre langen Haare zurück und rief lachend. »Was ist jetzt? Kommt ihr rein oder wollt ihr hier im Treppenhaus feiern?«

Scott grinste, so dass das Grübchen in seiner Wange sichtbar wurde. »Nicht schlecht so ein Treppenhaus«, er nickte anerkennend. »Aber was hältst du vom Kölner Dom? Da gäbe es noch mehr Stufen.«

»Weißt du, dann doch lieber den Eiffelturm«, erwiderte Hannah schlagfertig. »Nur für den Fall, dass ich doch noch ein paar Leute mehr einladen will.«

Endlich, ich atmete auf. Ich hatte es doch gewusst, dass sich meine abf und mein Freund super verstehen würden. Es wurde eine super Party. Scott und Hannah brachten abwechselnd alle mit ihren Sprüchen zum Lachen. Aber als Mama uns abholte, kam Hannah mit uns bis ins Treppenhaus, sie umarmte mich zum Abschied und dann stand sie ernst vor Scott. »Schön, dass du da warst«, sagte sie mit einer Stimme, die so klang, als ob sie gleich anfangen würde zu weinen. Vielleicht war auf der Party etwas passiert, das ich nicht mitbekommen hatte?

Scott blickte Hannah an und alles, was er herausbrachte, war ein: »Ja, tschüss dann.«

Sofort schauten beide wieder auf ihre Schuhe. Das war ja nicht zum Aushalten. »Hannah, wir telefonieren«, sagte ich entschieden. Denn eines stand fest. Ich wollte wissen, was hier los war!

Auf der Rückfahrt saß Scott neben mir auf dem Rücksitz von Mamas kleinem Auto, doch trotzdem kam es mir vor, als sei er weit entfernt. Ich stupste ihn an, um ihn aus seinen Gedanken zu holen. »Jetzt sag doch mal, Scott. Wie fandest du denn Hannah?«

Ich konnte sein Gesicht im Dunkeln nicht besonders gut sehen, aber seine Stimme klang ganz gedankenverloren, als er antwortete: »Ja, ähm, total nett, ich hatte sie mir irgendwie ganz anders vorgestellt.«

Das wollte ich genauer wissen: »Wie denn anders?«, fragte ich. »Wie meinst du das?«

Scott wand sich in dem Sitz. »Na ja, eher so typisch deutsch, mit blauen Augen und blonden Haaren. Ich habe nicht gedacht, dass Hannah so …« Er kam ins Stocken.

»Du willst doch wohl jetzt nicht sagen, dass sie ›so exotisch‹ ist?«, fiel ich ihm ins Wort. Ich wollte es nicht, aber meine Stimme klang ziemlich genervt. »Du glaubst gar nicht, wie oft das Hannah und auch ihre Mutter zu hören kriegen. Und wie sehr sie das hasst!«

Scott schüttelte entsetzt den Kopf. »Nein, so habe ich es nicht gemeint. Überhaupt nicht, ach, das kann ich nicht erklären«, er winkte ab und legte seinen Arm um mich. Ich lehnte meinen Kopf an seine Schulter und so saßen wir schweigend, bis wir ihn zu Hause absetzten.

Wir kehrten in ein verschlafenes Krähwinkel zurück, wo nur noch wenige Lichter brannten. Aber ich war hellwach, stürmte die Treppen hinauf in mein Zimmer und rief Hannah an. Meine abf war nicht besonders gesprächig, aber ich ließ nicht locker: »Jetzt sag schon, wie findest du Scott?«

Zuerst sagte Hannah nichts. Ich hörte das Knistern in der Leitung, das wir sonst nie hören, wenn wir zusammen telefonieren. Weil wir uns immer so viel zu erzählen haben.

»Weißt du, ich habe mir Scott ganz anders vorgestellt«, erklärte mir meine abf zögernd. »Eher so typisch amerikanisch, also …« Der Satz blieb unausgesprochen in der Luft hängen.

Ich schnappte nach Luft. Kam Hannah mir etwa jetzt auch

mit blond und blauäugig? Die Stimme meiner abf klang unsicher, als sie weitersprach. »... also ich habe nicht gedacht, dass ... ähm, wie soll ich sagen? Ja, ich habe halt noch niemanden wie ihn getroffen.« Meine abf holte Luft. »Ich freue mich so für dich, dass er dein Freund ist, Mathilda«, stieß sie hervor. Doch dann hörte ich einen unterdrückten Schluchzer. Oder war es ein Lachen? Irgendetwas stimmte da überhaupt nicht.

»Hannah, was ist los?«, rief ich. »Was ist passiert? Du bist doch traurig.«

»Nein«, schluchzte sie, »nein, überhaupt nicht. Ich bin heute nur so ... so gerührt!«

Ich nickte, verstand aber kein Wort. Nur eines wusste ich genau. Etwas war heute passiert. Nur was?

Im Club der Angesagten

Als Linn, Philippa und ich am Montagmorgen müde und im Schein der Straßenlaternen nebeneinander zum Schulbus trotteten, wollten die beiden natürlich sofort wissen, wie es auf Hannahs Geburtstagsparty gewesen war. Ich zuckte die Schultern, so genau wusste ich das selber nicht.

Schließlich fragte Linn: »Seit wann kennst du Hannah eigentlich schon? Erzähl mal, wie habt ihr euch kennengelernt?«

»Wir kennen uns schon ewig«, sagte ich, während ich in Gedanken wieder einen kleinen Spielplatz an einem trüben Sommertag sah. »Bevor ich in die Schule kam, durfte ich alleine auf den Spielplatz, der gleich bei uns um die Ecke lag, in unserem alten Viertel in Köln. Ich weiß noch genau, dass ich oben auf dem Klettergerüst saß, als plötzlich ein paar größere Jungs sich vor einem Mädchen im Sandkasten aufbauten. Sie traten gegen ihren Sandeimer und der eine rief: ›Du darfst hier nicht spielen. Dieser Spielplatz ist nicht für Ausländerkinder wie dich. Los, hau ab!‹

›Muss ich nicht‹, hat das Mädchen gesagt und ist aufgestanden, ›weil ich auch Deutsche bin.‹

Aber die Jungs riefen: ›Du lügst! Deutsche haben helle Haut und runde Augen, nicht solche Schlitzaugen wie du. Hau ab, du Ausländerkind! Das ist unser Spielplatz.‹

Einer der Jungs bückte sich und hob einen dicken Stock auf: ›Entweder du gehst oder wir jagen dich fort‹, rief er drohend, während er den Stock in seine flache Hand sausen ließ. Immer wieder. Das Mädchen stand da ganz alleine. Da bin ich von dem Klettergerüst runter und zu ihr gerannt, ohne zu wissen, was ich machen sollte. Die Jungs waren viel stärker als wir. Sollte ich nach Mama schreien? Aber sie würde mich in unserer Wohnung bestimmt nicht hören. Plötzlich schrie ich: ›Papa, komm schnell, Papa, die großen Jungs ärgern uns! Papa!‹ So laut ich nur konnte, immer wieder. Sofort kam ein Mann auf den Spielplatz und die Jungs rannten davon.« Ich holte Luft und wieder fühlte ich mich wie das kleine Mädchen, das mit den Tränen kämpfte. »Nur, der Mann war gar nicht mein Vater.« Ich lächelte, aber es war eher ein trauriges Lächeln, und fügte leise hinzu: »Der war damals gerade nach Frankfurt gezogen, gleich nachdem meine Eltern sich getrennt hatten. Trotzdem hatte ich mir so gewünscht, dass Papa mir zur Hilfe gekommen wäre. Ich habe dann angefangen furchtbar zu weinen und es war Hannah, die mich getröstet hat. Seitdem sind wir Freundinnen.«

Inzwischen waren wir als Erste an dem Bushäuschen angekommen, das im Dunkeln lag und nur von den Scheinwerfern der vorbeifahrenden Autos kurz angeleuchtet wurde.

Philippa sah mich an. Ernst und mit Bewunderung. »Respekt, du bist echt mutig, Mathilda«, sagte sie. »Das hätte ich mich nie getraut.«

Das sagte ausgerechnet Philippa, die sich traute als einziges Mädchen Rasenmähertreckerrennen zu fahren und die es geschafft hatte, dass ihr ein wilder Bulle wie ein kleines Hündchen nachlief.

»Ne, ne, so, wie du mit deinem Brutus umgehst, das würde ich mutig nennen«, rief ich. »Außerdem weiß ich auch heute noch genau, wie viel Angst ich damals hatte.«

Linn fasste meine Hand. »Aber trotzdem hast du Hannah geholfen. Das nenne ich mutig.« Schweigend standen wir nebeneinander in dem Bushäuschen, bis Linn in die Stille sagte: »Aber dafür sind Freundinnen doch da, oder? Dass wir füreinander einstehen.«

Das klang so ergreifend, dass ich schlucken musste. »Ja«, erwiderte ich. »Freundinnen sind da, wenn es für dich alleine zu viel wird!«

Kein Auto fuhr vorbei. Einen Moment lang schien es nur uns drei in der Dunkelheit zu geben. Sonst nichts.

»So ist es«, sagte Philippa und auch ihre Stimme klang gerührt. Einen Moment lang überlegte ich, ob ich vorschlagen sollte, unseren Freundinnenschwur vom letzten Sommer zu wiederholen. ›Wir bleiben Freundinnen, egal, was sonst ist‹, hatten wir uns gegenseitig geschworen. Aber irgendwie waren wir jetzt dafür zu alt. Außerdem wusste ich einfach, dass wir für immer Freundinnen bleiben würden. Egal, was passierte.

Doch dann passierte etwas, als wir kurz darauf auf den Schulhof kamen. Etwas, mit dem ich nie gerechnet hätte. Julia, die Beliebteste in unserer Klasse, winkte uns von Weitem wild zu. So, als ob sie uns unbedingt etwas erzählen wollte.

»Was ist denn mit der los?«, lästerte Linn. »Ist sie blind geworden und winkt uns aus Versehen?«

Kichernd meinte Philippa: »Oder es muss sich um unfreiwillige Muskelzuckungen handeln!«

Darüber lachten wir uns schlapp, bis die Schulglocke schrillte. Im Treppenhaus tippte mir jemand von hinten auf meine Schulter. Ich drehte mich um und traute meinen Augen nicht. Das war Julia, die sich beeilte, um neben mir die Treppen hinaufzusteigen. Die Julia, für die ich sonst Luft gewesen war, sagte so ganz nebenbei: »Hör mal, Mathilda, heute Nachmittag will ich mit ein paar Freundinnen shoppen gehen. Willst du nicht mitkommen?«

Ich fühlte mich wie vom Blitz getroffen. So, als hätte mich ein weltberühmter Popstar wie Rihanna gefragt, ob ich nicht in ihrer Band spielen wollte. Julia wollte mit mir shoppen gehen! Ich war völlig sprachlos. Aber falls das nur ein fieser Trick war, um zu sehen, wie ich reagierte, würde ich erst mal ganz cool bleiben. »Wohin wollt ihr denn zum Shoppen?«, fragte ich, als würde es mich nicht besonders interessieren.

»Nach Köln, aber natürlich nur, wenn du uns dort diese stylishen Läden in dem angesagten Viertel zeigst«, erklärte Julia, während sie neben mir zu unserer Klasse ging.

Wieder konnte ich es nicht glauben. Julia und ihr Gefolge schwärmten sonst immer von der Kö in Düsseldorf und wollten von Köln nichts wissen. »Nach Köln?«, rutschte es mir einfach so raus

»Aber ja«, Julia nickte zur Bestätigung und ihr riesiger Schal nickte mit. »Selbst Scott *schwärmt* ja so von diesen Läden in Köln!« Sie blieb mit dem Rücken zu mir vor der Garderobe stehen und hängte ihren Mantel auf, während Philippa die Augen verdrehte und ihre Lippen Julias überzogenes ›schwärmt‹ nachäfften. Linn neben ihr lief rot an wie eine Tomate und es sah so aus, als ob sie vor unterdrücktem Lachen gleich platzen würde.

Bloß nicht loskichern, dachte ich. Dann hasst Julia mich lebenslänglich. Was sollte ich jetzt machen? Wenn ich Nein sagen würde, dann würde Julia nie wieder ein Wort mit mir sprechen. Es grenzte schon an ein Wunder, dass sie mich überhaupt gefragt hatte, ob ich mit ihrem Club der Angesagten zum Shoppen nach Köln kommen wollte. Warum sollte ich nicht zusagen? Wo war das Problem? Immerhin kannte ich mich in meiner Stadt aus!

Julia drehte sich zu mir um: »Was ist? Kommst du mit, Mathilda?«

Ich klang ganz lässig, als ich antwortete: »Klar, warum nicht.« Zum Glück hatte Mama nichts dagegen, so dass ich gleich nach der Schule mit Julia und ihrem Gefolge zum Bahnhof ging. Von dort fuhren wir nach Köln, wo ich die drei durch unser altes Viertel führte. Sie stürmten in so ziemlich jeden der flippigen Läden, kauften einige witzige Postkarten und ein paar Kleinigkeiten, um zusammen mit mir andächtig die teuren Entwürfe der Jungdesigner durch die Schaufensterscheiben zu betrachten.

Julia schrie zwar ständig: »Oh my gosh«, »oh my gosh«, und natürlich schrie das ihr Gefolge dann auch, so dass ich mir schon fast vorkam, wie in einer dieser amerikanischen Serien. Also … ein bisschen anstrengend auf die Dauer. Aber wahrscheinlich ist das so anstrengend, wenn man zu den Beliebtesten der Klasse gehört. Denn natürlich muss man dann immer als Erste wissen, was angesagt ist.

Während wir vier, eingehakt wie Freundinnen, zurück zum Bahnhof gingen, drückte Julia meinen Arm: »Ach,

Mathilda«, sie seufzte. »Wie sehr musst du vermissen, mitten in Köln zu leben. Und wie hältst du es nur in diesem winzigen Dorf aus?« Aus ihrer Stimme klang echte Anteilnahme mit. Julias Gefolge nickte verständnisvoll und warf mir von links und rechts mitleidige Blicke zu.

»Ach, ich bin natürlich immer noch viel in Köln, weil meine abf hier gleich um die Ecke wohnt«, erklärte ich mit fester Stimme, als mir plötzlich ein Gedanke kam. Vielleicht würde mich der Club der Angesagten weiter brauchen, um immer über neue Trends informiert zu sein? »So weiß ich mit als Erste, wo es was Neues und Angesagtes gibt«, fügte ich ruhig hinzu. Aber mein Herz klopfte bei jedem Wort schneller.

»Oh, wie cool ist das denn«, riefen Julia und ihr Gefolge im Chor. Plötzlich blieb Julia mitten auf dem Bürgersteig stehen und sah mich todernst an: »Du Arme, dann musst du unter den Landeiern doch verrückt werden.«

»Nun …« Ich dehnte die wenigen Buchstaben wie einen Kaugummi, während ich einfach weiterging und verzweifelt überlegte, was ich darauf sagen sollte. Wenn ich weiter zum Club der Angesagten gehören wollte, durfte ich auf keinen Fall wie ein Landei klingen. Also bloß nichts erzählen von Blümchen, meinem Pflegepony, oder von dem einsamen Teich, wo Mats und ich schwimmen gingen. Am besten auch kein Wort über unsere Partys auf dem Krone-Hof, sonst klang das nachher noch wie Kindergeburtstag auf dem Bauernhof. Wie schön es war, dass ich mit Linn und Philippa im selben Dorf wohnte, erwähnte ich besser auch nicht. Denn die beiden waren für Julia Luft – oder schlimmer noch Landeier. Obwohl es in der Winterluft kalt war, wurde mir mit jedem Schritt heißer. Was sollte ich nur antworten? Es blieb kaum noch etwas übrig. Endlich fiel mir etwas ein und das war sogar die Wahrheit. »Wir sind natürlich nur von hier weggezogen, weil meine Mutter ein altes Haus geerbt hat. So schön wie dort könnten wir in Köln nirgends wohnen.«

Julia nickte und schaute einem gutaussehenden Jungen in einer Fliegerjacke nach, der mindestens schon sechzehn war. »Stimmt, von Scott habe ich schon gehört, dass euer Haus ein Traum sein muss.«

Ich wusste nicht so recht, ob sie mit dem Traum nicht eher den Jungen meinte. »Es ist echt toll, denn ich habe das Dachgeschoss ganz für mich. Am coolsten ist, dass in meinem Zimmer über die ganze Länge der Dachschräge ein Einbauschrank geht.«

Julia und ihr Gefolge sahen mich fasziniert an. Noch nie hatte ich den Einbauschrank in meinem Zimmer so geliebt wie in diesem Moment. Oder, ich überlegte, vielleicht konnten sie es sich nicht richtig vorstellen? Darum fügte ich hinzu: »Wisst ihr, fast ein bisschen so wie diese begehbaren Schränke, die die Stars in Hollywood alle haben.« Das hätte ich nicht tun sollen.

Julia sah mich gebannt an und sagte nur eines: »*Das* muss ich sehen, Mathilda! Wann kann ich zu dir kommen?«

Voll im Stress

Seitdem war ich voll im Stress. Denn wenn Julia Ende der Woche kam, musste mein Zimmer einfach genial aussehen. Total stylish und alles, was peinlich ist, musste bis dahin verschwinden. Nur in den Einbauschrank konnte ich es auf keinen Fall stopfen wie sonst immer, wenn Mama mich zwingt aufzuräumen, denn dorthinein will Julia bestimmt gucken. Jetzt hatte ich echt ein Problem: Wohin mit meinen alten Kuscheltieren, meinen auf dem Dielenboden verstreut herumliegenden Anziehsachen, Zeitschriften und Zettelchen? Seufzend blickte ich in den Schrank und fischte eine leere Kaugummipackung und drei einzelne Socken heraus. Es würde viel Arbeit werden, aber mir blieb keine Wahl, bis Freitagnachmittag musste ich das gesamte Zimmer richtig aufräumen. Mama wäre entzückt. Nur – wie sollte ich das bloß schaffen?

Morgen, am Mittwoch, war ich schon zum gemeinsamen Plätzchenbacken bei Lea eingeladen. Sie ist eine aus Julias Gefolge. Eigentlich war ich gar nicht so wild darauf, kleine Herzen, Sterne und Nikoläuse aus Teig auszustechen, liebevoll zu verzieren und zu backen. Denn am liebsten naschte ich den rohen Teig! Das war ziemlich praktisch. Mama brauchte so gut wie keine Keksdosen, weil bei uns sowieso kaum Plätzchen aus dem Ofen kamen. Insofern hätte ich Lea am liebsten abgesagt. Aber als ich in der großen Pause hörte, dass Julia auch kommt, konnte ich es mir natürlich nicht entgehen lassen. Denn es bedeutete wieder einen Tag mehr im Club der Angesagten. Aber dadurch würde ich am Mittwoch nicht mehr viel in meinem Zimmer schaffen.

So blieb mir für das Wichtigste nur noch der Donnerstag. Ich wollte unbedingt einen Baldachin aus zartem durchsichtigen Stoff über mein Bett spannen, so ähnlich wie das Linn in ihrem Zimmer gemacht hat. Aber alleine würde ich das nie schaffen. Linn war total begabt in so etwas, am besten fragte ich gleich nach, ob sie Donnerstag Zeit hatte. Ich sprang auf und lief mit gesenktem Kopf durch den Nieselregen zu den Quentins hinüber. Linn stand bereits in der Tür und ich kam gar nicht erst dazu, sie zu fragen, ob sie mir mit dem Baldachin helfen würde. Aufgeregt deutete Linn auf die regennasse Straße, die grau in grau vor uns lag. »Mathilda, hast du eben auch den Krankenwagen gesehen?« Sie bekam rote Flecken auf den Wangen, wie immer bei Aufregung. Ich schüttelte den Kopf.

»Ich sage dir, der fuhr zum Krone-Hof!« Ihre Stimme überschlug sich fast und sie lief in den Regen hinaus, um besser die Straße zu überblicken. »Da muss was passiert sein. Oh nein, sieh nur, jetzt fährt der Krankenwagen zurück. Zumindest ohne Blaulicht!«

Unter dem Vordach der Quentins sahen wir beide zu, wie der Krankenwagen langsam an uns vorbei und aus dem Dorf fuhr. Das Milchglasfenster im hinteren Teil des Krankenwagens war hell erleuchtet. Darin lag also wirklich jemand! Nur wer?

Linn war nicht mehr zu halten. »Auf dem Krone-Hof muss was passiert sein!« Sie lief in den Flur und zog sich gleich ihre Gartencloggs an, während ich unentschlossen an der Hauswand lehnte. »Los, komm mit, Mathilda, lass uns mal schnell nachsehen, ob Philippa Hilfe braucht«, drängte Linn.

Natürlich war Philippa meine Freundin, aber irgendwie passte mir das im Moment gar nicht in den Kram. »Mach mal keine Panik, Linn«, sagte ich und fand, dass es wirklich erwachsen klang. »Erstens ist der Krankenwagen so langsam gefahren, dass es nichts Lebensgefährliches sein kann. Zweitens habe ich gerade gar keine Zeit, denn ich muss noch total viel erledigen. Weißt du, am Freitag ...«

Linn fiel mir ins Wort. »Ach natürlich, du kriegst Besuch, nicht wahr? Es war nicht zu überhören, die ganze Klasse spricht davon, dass Julia herkommt.« Linn richtete sich auf, ihre Augen funkelten so wütend, wie ich es noch nie erlebt hatte. »Weißt du eigentlich noch, *wer* deine Freundinnen sind, Mathilda?«, zischte sie und versperrte mir den Weg zur Tür.

So etwas musste ich mir nun wirklich nicht sagen lassen. »Klar weiß ich das!« Ich drängte mich an Linn vorbei und riss die Haustür auf. Kalte Luft schlug mir entgegen. »Vielleicht habe ich nur ein paar mehr Freundinnen als andere!« So, das hat gesessen, dachte ich und lief über den Gartenweg der Quentins davon.

»Ach ja?«, schrie Linn mir nach. So herausfordernd, dass

ich mich auf der Stelle umdrehte. Ein paar Schritte und wir standen uns vor der Haustür der Quentins gegenüber. Nur eine Handbreit auseinander.

Linns Gesicht war weiß und ihre Sommersprossen leuchteten nur so hervor. So wütend hatte ich sie noch nie gesehen. »Vielleicht hast du bald ein paar Freundinnen weniger, Mathilda!«, schrie sie, wirbelte herum und riss ihre Jacke vom Haken. Dann knallte sie die Haustür hinter sich zu, dass es schepperte. Sie schubste mich zur Seite und zog im Laufen ihre Jacke an.

»Geh doch zur Feuerwehr, wenn du diese Notfallnummer brauchst«, brüllte ich. Und wo ich schon mal angefangen hatte, brüllte ich ihr nach: »Warum seid ihr in letzter Zeit eigentlich alle so komisch? Das ist ja nicht zum Aushalten!« Aber Linn drehte sich nicht mehr um.

Stattdessen flog in dem Haus neben unserem die Haustür auf. Frau Perfekto, in edlen Jeans und Jackett, trat auf die Fußmatte, wie die Bundeskanzlerin auf einen roten Teppich. Sie warf mir einen eisigen Blick zu und verkündete: »Ja, das ist wirklich nicht zum Aushalten. So ein Rumgeschreie kennen wir hier gar nicht. Ich hoffe sehr, das wiederholt sich nicht.« Die Mutter von Vivienne drehte sich auf dem Absatz um, ohne dass sich ihre in mindestens drei bis fünf verschiedenen Rottönen gefärbten Haare auf ihrem Kopf nur etwas bewegt hätten, und verschwand im Haus.

Es ist wirklich erstaunlich. Frau Perfekto ähnelt ihrem perfekten Garten. Dort ist der Rasen stets kürzer als die Frisur eines Bundeswehrsoldaten und das Unkraut wird vernichtet, sobald es wagt, aus den Beeten zu sprießen. Also, das genaue Gegenteil zu unserem wild-verwunschenen Garten. Sonst fand ich das bei den Perfektos immer komisch. Aber im Moment konnte ich kein bisschen darüber grinsen. Dazu fehlte mir die Kraft. Noch nie war ich so mit Linn aneinander geraten. Hatte ich nun wirklich eine Freundin weniger? Meinte sie es ernst?

Auf einmal fühlte ich mich schrecklich erschöpft. Ich schlich in mein Zimmer hinauf, froh, dass Mama kurz vor dem Abgabetermin für eine Übersetzung steckte und keine Fragen stellte. Und dann holte mich die Verzweiflung ein, wie eine große Welle überrollte sie mich. Schluchzend fiel ich in mein Bett und heulte wie selten zuvor. Danach musste ich unbedingt mit einer Freundin sprechen. Doch mit welcher?

Sirenenheulen und Frisbeepizza

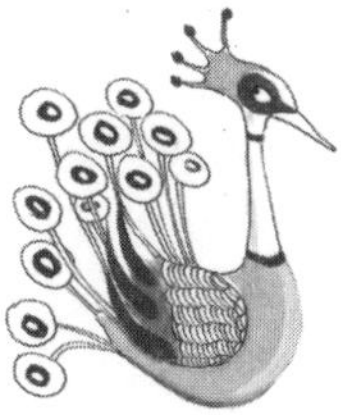

Am nächsten Morgen graute es mir vor der Begegnung mit meinen Freundinnen. Falls sie das noch waren … Bestimmt hat Linn mich bei Philippa angeschwärzt, dachte ich und hätte mich am liebsten für den Rest des Tages (oder vielleicht gleich für den Rest des Jahres) in meinem Bett verkrochen. So ein bisschen flau fühlte ich mich ohnehin schon. Aber damit würde ich bei meiner Mutter nie durchkommen, das wusste ich genau.

Zumindest zögerte ich unser Zusammentreffen so lange wie möglich hinaus, indem ich viel später als meine kleine Schwester und in letzter Minute zur Bushaltestelle rannte. Was würde Philippa dazu sagen, dass ich gestern nicht geschaut hatte, ob sie Hilfe brauchte? Oder würde sie erst gar nicht mehr mit mir sprechen? Und Linn erst … Die Gedanken setzten mir zu wie ein Schwarm hungriger Piranhas, bis ich an die Landstraße kam. Auf der anderen Straßenseite lag das Bushäuschen, das die Scheinwerfer der vorbeifahrenden Autos kurz in Licht tauchten.

Aber was war das? Ich stutzte. Darin stand nur eine einzige Person. In meinen Leggins, verflixt noch mal, das sah ich schon von Weitem. Meine kleine Schwester hatte sich mal wieder heimlich in meinem Schrank bedient! (Wenn das so weiterging, brauchte ich so langsam wirklich ein Vorhängeschloss.)

Aber – und das war viel, viel wichtiger – wo blieben nur Linn und Philippa? (Nur für Mats und Vivienne, die eine Klasse über mir waren, fing die Schule mittwochs immer erst um neun Uhr an. Die hatten es gut.) Doch unsere Klasse hatte heute ganz normal Unterricht, die erste Stunde fiel nicht aus. Der Schulbus kam und fuhr ohne die beiden los. Das war seltsam. Denn seit ich sie kannte, hatten sie noch nie den Bus verpasst. Das musste einen Grund haben.

Auf einmal machte ich mir Sorgen. Hatte etwa Philippa gestern in dem Krankenwagen gelegen? Vielleicht hatte Brutus, ihr zahmer Bulle, vergessen, dass er zahm war, und sie angegriffen? Oder war sie beim Reiten schlimm gestürzt? Was war nur los?

Linn lag mit Fieber im Bett, das hatte Pauline gehört. Was mit Philippa war, wusste niemand. Sie stürmte erst während der zweiten Stunde mitten in den Unterricht und sah so aus, als käme sie geradewegs aus dem Stall. So roch Philippa auch, um ehrlich zu sein. Zum Glück trug sie keine Gartencloggs, sondern normale Schuhe, aber eines ihrer Ponys musste sich die Nüstern an ihrem Mantel abgerieben haben und an ihrem Mantelärmel hing ein Strohhalm. So unordentlich war Philippa noch nie zur Schule gekommen. Etwas Schlimmes musste passiert sein. Nur was?

Vorne am Lehrerpult flüsterte sie der Robbe (so nennt die halbe Schule unseren Klassenlehrer, Herrn Sägmeier, der mit seinem Schnurrbart und seiner Figur wirklich wie eine Robbe aussieht) eine Entschuldigung ins Ohr, dann ließ sie sich auf ihren Platz neben mir fallen.

»Was ist passiert?«, flüsterte ich, kaum dass sie saß.

»Meine Mutter musste gestern plötzlich ins Krankenhaus, sie hat einen Bandscheibenvorfall und …« Leider hörte ich den Rest nicht mehr, denn unser Klassenlehrer knallte das Klassenbuch zwischen uns beiden auf den Tisch. »Das hat Zeit bis zur Pause«, verkündete Herr Sägmeier.

›Geht's noch?‹, hätte ich ihm am liebsten ins Gesicht geschrien. So wütend war ich über die Unterbrechung. Wieso verstehen die Lehrer nie, dass hin und wieder mal andere Dinge wichtiger sind als irgendwelche Grammatikregeln. Und weil uns die Robbe den Rest der Stunde im Auge behielt, musste das Wichtigste tatsächlich bis zur Regenpause warten.

Scott kam gleich zu uns herüber und auch Julia hätte sich fast zu uns gesetzt, aber sie schnupperte kurz und setzte sich lieber auf die Fensterbank. Der intensive Stallgeruch, der Philippa umgab wie eine unsichtbare Decke, war einfach zu viel für sie.

Mir war es wirklich peinlich, dass Philippa so stank. Hoffentlich kam ihre Mutter bald wieder zurück. »Philippa, wie lange muss deine Mutter denn im Krankenhaus bleiben?«, fragte ich, während ich mein Butterbrot aus der Dose holte und abbiss.

Philippa neben mir holte kein Pausenbrot heraus. »Das kann uns leider noch niemand sagen. Im schlimmsten Fall kann es länger als einen Monat dauern.« Sie zuckte traurig die Schultern. Auf einmal sah sie ganz verloren aus. Gar nicht wie die praktische Philippa, die sonst immer weiß, wie alles gemacht werden muss. Bestimmt vermisste sie ihre Mutter. So sehr Mama mir manchmal auf den Nerv ging – so ganz ohne Mutter ging es doch nicht. Falls ihre Mutter noch länger im Krankenhaus bleiben müsste, so überlegte ich mit einem Schaudern, würde sie vielleicht nicht zu Weihnachten zu Hause sein. Das war eine gruselige Vorstellung. Wie sollte Philippas Vater das Wohnzimmer schön weihnachtlich schmücken? Ich konnte ihn mir höchstens mit Werkzeug in den Händen vorstellen, aber nicht mit winzigem und zerbrechlichem Tannenbaumschmuck. Aber das konnte ich Philippa doch nicht sagen.

»Oh Mann!« Scott blickte sie mitfühlend an. »Das tut mir ja echt leid.«

Aber ich fand, Philippa brauchte jetzt etwas Aufmunterung. »Ach, du wirst sehen, das wird schon wieder«, rief ich so überzeugend wie möglich. So etwas in der Art sagte man doch, wenn jemand krank war, oder?

Doch bei Philippa schien es nicht besonders zu wirken. Sie sah so traurig aus wie zuvor – und noch etwas fiel mir auf. Sie blickte auf mein Pausenbrot. Ausgerechnet, als ich den letzten Bissen in den Mund steckte. Ob sie etwa Hunger hatte? Der Bissen blieb mir fast im Hals stecken. »Philippa, hast du nichts zu essen mit?« Meine Stimme war nur ein raues Flüstern und mein Gewissen nagte an mir, wie Einstein, der Hund der Quentins, an seinem Kauknochen.

»Nein«, gestand Philippa. »Erst war ich heute früh mit meinem Vater zum Füttern im Stall, dann ist Brutus noch aus der Weide ausgebrochen und schließlich habe ich es nicht mehr geschafft, zu frühstücken oder mir ein Pausenbrot zu schmieren. Das macht sonst alles meine Mutter und ich …«

Scott stand rasch auf und reichte ihr wortlos seine Pausenbrotdose herüber.

»Danke«, murmelte Philippa mit gesenktem Kopf und ich glaube, es war ihr zuerst peinlich, die Gabe anzunehmen. Aber schließlich klappte sie die Pausenbrotdose auf, nahm ein Sandwich heraus und gestand seufzend: »Ich weiß überhaupt nicht, wie meine Mutter das alles schafft. Überall ist so viel zu tun, in den Ställen, im Büro, der ganze Haushalt und das Kochen. Das ist mehr, als in einen Tag passt.« Sie ließ das unangebissene Sandwich sinken und schüttelte erschöpft den Kopf.

»Mmmmh«, machte ich und legte tröstend den Arm um Philippas Schultern, während ich so sehr hoffte, dass ihr Stallgeruch nicht an meinen Anziehsachen hängen bleiben würde. Denn heute, gleich nach der Schule, fand das Weihnachtsbacken mit Julia und ihrem Gefolge statt. Doch konnte ich da überhaupt hingehen? Jetzt, wo Philippa dringend eine Freundin brauchte und Linn krank war? Aber, wenn ich im Club der Angesagten bleiben wollte, durfte ich beim Backen auf keinen Fall fehlen. Was sollte ich jetzt machen? Plötzlich fiel es mir ein: Beides, ganz einfach! Erst zum Backen und danach zu Philippa. Das war alles nur eine Frage der Organisation, das sagte Mama auch immer.

So war es schon ziemlich spät, als ich zum Krone-Hof lief. Schon von Weitem hörte ich eine Alarmsirene schrillen. Woher kam das? Aus dem Stall, der Scheune oder dem Haus? Ich blieb im Dunkeln stehen, um zu horchen. Das Sirenenheulen kam aus dem Bauernhaus, ganz eindeutig. Ob dort Einbrecher waren? Ich wusste bislang gar nicht, dass Philippas Familie eine Alarmanlage im Haus hatte. Meine

Hand tastete nach dem Handy in meiner Jackentasche. Sollte ich lieber die Polizei rufen? Aber dann stutzte ich. Plötzlich wurde Licht in der Küche angeschaltet und kurz darauf wurden die beiden Fensterflügel mit einem Knall aufgestoßen. Schemenhaft erkannte ich Philippa, die inmitten von Rauchwolken durch die Küche der Krones rannte und wild mit einem Handtuch wedelte. Oh nein, es durchzuckte mich wie ein Blitz. Es brannte im Bauernhaus! Philippa musste sofort da raus.

Auf die Feuerwehr konnte ich nicht warten. Ich stürmte die Treppen hinauf, rannte in meinen dreckigen Gartencloggs durch den Flur der Krones und riss die Küchentür auf. Dichte Rauchwolken quollen aus dem Herd, während Philippa versuchte, sie mit dem Handtuch durch das aufgerissene Küchenfenster nach draußen zu wedeln.

»Philippa, raus hier«, schrie ich gegen die Sirene an, deren lautes Schrillen mich immer hektischer werden ließ. »Schnell, es brennt! Komm jetzt!« Ich packte Philippa am Arm. Zu allem entschlossen. Notfalls würde ich sie aus dem Haus herauszerren.

Doch Philippa schüttelte nur den Kopf. »Moment«, schrie sie. Sie kletterte auf einen Küchenstuhl, drehte einen runden Deckel ab, der unter der Küchendecke hing, und der Sirenenton verstummte.

Ich atmete auf. Mal abgesehen von dem ganzen Rauch war das eine echte Erleichterung. »Bist du sicher, dass es nicht brennt?«, fragte ich und musste husten. So dicht waren die Rauchwolken in der Küche.

»Nein, mir sind diese verdammten Pizzen angebrannt, obwohl ich nur ganz kurz die Ponys gefüttert habe«, schimpfte

Philippa und ich merkte, dass sie richtig wütend auf sich selbst war. Sie riss eine Schublade auf, zog einen Backhandschuh an und holte etwas aus dem Backofen, das aussah wie eine Frisbeescheibe aus Holzkohle. »Dass diese blöde Pizza so schnell verbrennt, hätte ich auch nicht gedacht!« Mit zwei Schritten war Philippa am geöffneten Küchenfenster, holte aus und dann flog die verkohlte Pizza Richtung Misthaufen. Das sah so komisch aus, dass ich lachen musste.

Aber Philippa lachte nicht. Sie frisbeete auch die zweite verkohlte Pizza aus dem Fenster und dann drückte sie mir ein Handtuch in die Hände. »Lach nicht, sondern wedele lieber den Rauch raus«, befahl sie knapp.

Also, das passte mir ganz und gar nicht. Da stürzte ich todesmutig ins brennende Haus, na gut, ins womöglich brennende Haus, um meine beste Freundin zu retten, die mich dann auch noch anzickte. Fast hätte ich das Handtuch auf den Küchentisch gepfeffert und wäre gegangen. Aber als ich die Geschirrstapel auf der Spüle, das wilde Durcheinander von Geschäftsordern, Notizzetteln und einem vertrockneten Butterbrot auf dem Küchentisch und den überquellenden Mülleimer sah, tat Philippa mir echt leid. Ich wedelte, bis mein Arm fast abfiel, trotzdem lag der Rauchgeruch im ganzen Haus. Durch die aufgerissenen Fenster war es mittlerweile in der Küche der Krones so gemütlich warm wie in einem Kühlschrank.

Ich pustete in meine kalten Hände und klappte meinen Jackenkragen hoch. »Kann ich dir sonst noch was helfen?«, fragte ich, hoffte aber, dass die Antwort Nein sein würde. Immerhin musste ich unbedingt noch mein Zimmer stylen.

Philippa blickte sich ziemlich verzweifelt in dem Küchenchaos um. »Ach, ich weiß echt nicht, wo ich anfangen soll.« Fröstelnd legte sie die Arme um die Schultern und schloss die Fenster.

»Ruf mich an, wenn was ist«, sagte ich, bevor ich nach Hause lief. Das war wirklich alles, was ich tun konnte, oder?

Rettung in der Not

Fast hätte ich mir den Lipgloss über die Wange geschmiert, als es an der Haustür schellte. Um 7:35 Uhr! Noch nie zuvor hatte jemand so früh morgens bei uns geschellt. Um die Zeit kam sonst niemand zu uns. Das musste etwas bedeuten! Etwas Gutes oder etwas Schlechtes?

Natürlich war meine neugierige Schwester als Erste an der Haustür, riss sie auf und schrie dann durchs Haus: »Mathilda, hier ist Philippa!« Sie betonte Philippas Namen in einer Art, als ob sie sagen würde: ›Hier ist zwar Philippa, aber sie sieht nicht wirklich so aus.‹

Und damit hatte sie ausnahmsweise Recht. Vor unserer Haustür stand eine verfrorene Philippa und selbst im Schein von unserer mickrigen Außenlampe sahen ihre Augen rot verweint aus. Sie trug eine leichte Jacke, die schön für einen Frühlingstag war, aber viel zu dünn für einen frostigen Dezembermorgen. Warum hatte sie nur nicht ihren warmen Wintermantel an? Es gab nur eine Erklärung: Es musste noch etwas auf dem Krone-Hof passiert sein. Nur was?!?

Ich räusperte mich und fragte vorsichtig: »Ist… etwas

passiert?«, während mich mein schlechtes Gewissen wie ein Bumerang einholte – und das mit voller Wucht. Vielleicht hätte ich gestern Abend doch noch Philippa helfen müssen, statt mein Zimmer aufzuräumen und umzustylen, schoss es mir durch den Kopf. Andererseits, sagte ich mir zu meiner eigenen Entschuldigung, hatte sie mich auch nicht angerufen.

Philippa nickte stumm, während sie die dünne Jacke fröstelnd mit beiden Händen über der Brust zuhielt. Eines wusste ich genau: So konnte sie auf keinen Fall zur Schule gehen und auch nicht länger vor unserer Haustür stehen. »Komm schnell rein«, rief ich und zog meine Freundin ins Warme. »Sag, wie kann ich dir helfen?«

Philippa sah angestrengt auf den Fußboden und jedes Wort schien ihr schwer zu fallen, als sie fragte: »Mathilda, hast du noch eine Winterjacke, die du mir ausleihen könntest?« Ihre Stimme klang so erschöpft, wie ich sie noch nie gehört hatte, und sie sah so furchtbar verloren aus. Das machte mir wirklich Angst.

»Es ist nur«, fuhr Philippa müde fort und ihre Stimme zitterte, »ich – ich habe gestern meinen Wintermantel zusammen mit einigen Pullovern in der Waschmaschine gewaschen, heiß, damit es schön sauber wird, aber alles ist auf Kindergartengröße geschrumpft.« Philippa senkte den Kopf und kämpfte mit den Tränen.

Oh, oh, dachte ich. Das mit der Wäsche war natürlich nicht so gut. Aber woher sollte Philippa auch wissen, wie man die Waschmaschine richtig einstellt? Immerhin waren wir erst 12 ¾ Jahre alt. Auf alle Fälle würde ich sie trösten. »Geschrumpft, na und?!«, sagte ich munter. »Vielleicht passt es ja jetzt Cara oder Emmi?« Das waren die beiden kleinen

Schwestern von Mats und Linn, fünf und nicht ganz sieben Jahre alt, die so ziemlich alles toll fanden, was wir Großen hatten oder machten. »Auf jeden Fall werden sich die Kleinen darum reißen, deinen Mantel tragen zu dürfen!«

Philippa nickte, sah aber immer noch völlig verzweifelt aus. Ich musste ihr helfen. Nur wie? Mein Blick fiel auf meine neueste Steppweste, die an der Garderobe hing. Mama hatte sie günstig bei ebay ersteigert, sie war erst gestern angekommen und ich hatte sie noch gar nicht getragen. »Philippa, sieh mal, ich habe was für dich …« Ich zögerte wirklich keine Sekunde, nahm meine Steppweste von der Garderobe und drückte sie Philippa in die Hand. »Die könntest du ganz lässig über deiner dünnen Jacke tragen und, Moment, dazu kombinierst du noch …« Ich zog unsere Kommodenschublade auf und wühlte mich durch lauter verschiedene Schals, Tücher und Mützen, die darin wild durcheinanderliegen, bis ich einen langen Strickschal herausfischte. »Der hier müsste farblich richtig gut zu deiner Jacke passen«, rief ich begeistert und drehte mich zu Philippa um. Aber sie stand immer noch da und hielt meine Steppweste unentschlossen in der Hand.

»Was ist?«, rief ich verwundert. »Los, zieh die Weste schon an!«

»Mathilda, nein, das geht nicht«, stammelte Philippa. »Du hast sie doch gerade erst neu be … «

»Na und?«, fiel ich Philippa ins Wort. »Sie wird super zu deinen blonden Haaren aussehen. Los, mach schon!« Ich stellte mich mit der Weste hinter meine Freundin, so dass sie nur noch mit den Armen hineinschlüpfen musste – und ja, sie passte ihr ganz wunderbar. Schnell zupfte ich für

Philippa den Kragen der Weste zurecht und dann schlang ich ihr mehrmals den langen Schal um ihren Hals, dessen Farbe wirklich genau zu ihrer dünnen Jacke passte.

Philippa schaute in unseren Flurspiegel und ein kleines Lächeln huschte über ihr Gesicht. Es ging ihr ein bisschen besser. Das zeigte doch, dass ich eine super Freundin bin, oder? Mein schlechtes Gewissen rollte sich friedlich schnurrend zusammen und gab endlich Ruhe.

Und es kam noch besser: Als wir in unsere Klasse kamen, sprang Julia auf und rief: »Oh my gosh, Philippa, dieses Styling ist absolut der Hit! Das solltest du öfter tragen.«

Philippa deutete gleich auf mich. »Das habe nicht ich, sondern Mathilda so zusammengestellt.«

»Ja, natürlich«, sagte Julia und dann haben wir beide unsere Stylingideen ausgetauscht. Nur wir beide, ohne ihr Gefolge. Julia fand meine Ideen wirklich toll und meinte sogar, man merkt einfach, dass ich ein echter Trendsetter bin. Ach, in dem Moment hätte ich die ganze Welt umarmen können!

Nur irgendwie habe ich darüber ganz verpasst, Philippa zu fragen, ob sie zu Hause noch Hilfe braucht. Und später, im Schulbus, stand Vivienne neben uns – und wenn es jemanden nichts anging, was bei Philippa zurzeit los war, dann Miss Perfekto. Deshalb habe ich da auch nichts gesagt, aber dran gedacht habe ich schon.

Als Philippa und ich uns vor unserem Haus verabschiedeten, sagte sie leise: »Danke, dass du mir deine neue Weste leihst, Mathilda.«

»Aber klar doch«, erwiderte ich großzügig und selbstlos, wie eine echte Freundin eben ist, und fragte: »Brauchst du sonst noch etwas?« Aber insgeheim hoffte ich so sehr, dass

Philippa nur meine Anziehsachen und keine Hilfe auf dem Krone-Hof brauchen würde.

Zum Glück schüttelte Philippa stumm den Kopf und lief die Straße hinauf. Die Weste mit dem Schal sah auch von hinten super aus, dachte ich zufrieden. Es gab nur ein Problem. Jetzt, wo Julia mich für einen echten Trendsetter hielt, musste mein Zimmer auch genau so aussehen – und dazu blieb mir nur noch dieser eine Nachmittag und Abend. War das überhaupt noch zu schaffen?

Der wichtigste Freitag aller Zeiten

Um 6:35 Uhr am Freitagmorgen war die Welt einfach perfekt. Das änderte sich schlagartig um 8:15 Uhr, aber dazwischen war es wirklich genial. Als ich aufwachte, dachte ich zuerst, mein Zimmer sei nur ein Traum. Ich blinzelte mehrmals. Es blieb ein Traum! Aufgeräumt, trotzdem sah alles lässig aus und – jetzt kommt das Größte – über meinem Bett hing wirklich der Baldachin. Dabei war ich am Donnerstagabend noch ziemlich verzweifelt gewesen. Ich hatte zwar den zarten Stoff, der über meinem Bett aufgespannt werden sollte, wusste aber nicht, wie ich die Stange dafür an der Decke anbringen sollte. Von Mama konnte ich keine Hilfe erwarten, sie saß über den letzten Seiten ihrer Übersetzung fest und hatte wie so oft vor einem Abgabetermin für nichts anderes Zeit. Es sah so aus, als ob der Baldachin ein Traum bleiben würde. Aber dann kam Jan zu uns – und ich kam aus dem Staunen nicht heraus. Denn er hat mich gefragt, wie genau ich mir das mit dem Baldachin vorstelle, sich abends an die Arbeit gemacht und es ist sogar noch viel schöner als in meiner Fantasie geworden. Dafür dass Jan

keine Kinder hat, macht er das ziemlich gut, finde ich. Das habe ich ihm auch gesagt, aber irgendwie war das nicht gut. Jan sah auf einmal furchtbar ernst aus. Warum nur? Das war von mir doch nett gemeint, verstehe mal einer diese Erwachsenen!

Am Freitagmorgen tanzte ich durch mein Zimmer, während ich mich anzog. Vor lauter Glück störte mich weder der Nieselregen, noch der muffige Geruch im vollen Schulbus oder die Aussicht auf Mathe in der ersten Stunde. Summend schwebte ich nach dem letzten Läuten der Schulglocke die Treppen hinauf, als mein Glück plötzlich wie eine Seifenblase zerplatzte. Vor mir, mitten auf dem Treppenabsatz, standen zwei so eng umschlungen, dass sie fast wie ein Wesen mit vier Beinen aussahen. Es waren Mats und Saskia, wild knutschend.

So musste es sich anfühlen, wenn man von einem Pferd getreten wird. Mir blieb die Luft weg. Es tat so weh, dass ich gar nichts mehr fühlte. Aber meine Füße funktionierten noch. Automatisch brachten sie mich in meine Klasse. Automatisch stiegen sie nach der letzten Stunde in den Schulbus und liefen nach Hause zurück, während eine einzige Frage wie eine lästige Mücke durch meinen Kopf schwirrte: ›Will Mats jetzt überhaupt noch mit mir oder lieber mit Saskia in die Berghütte fahren?‹ Das dachte ich immer und immer wieder, bis ich mir irgendwann selbst sagte: ›Wenn du eine Antwort willst, geh hin und frag ihn!‹

Das machte ich, aber als ich vor der Haustür der Quentins stand, wäre ich am liebsten umgedreht. So peinlich kam mir plötzlich meine Frage vor. Doch es gab kein Zurück. Denn die Oma von Mats kam mir entgegen. »Komm nur herein,

Mathilda, Mats ist in der Küche«, rief sie und schob mich in den Flur, während sie eine Schüssel mit Essensresten für die Hühner hinaustrug. So landete ich in der Küche der Quentins, wo es herrlich nach Apfelmus duftete. Ein dampfender Topf stand auf dem Herd und Mats saß vor dem Laptop an dem langen Küchentisch.

»Hi!« Er sah nur kurz auf, bevor er gleich weitertippte. So, als ob ich total unwichtig wäre. Aber das wusste ich ja auch so schon. Ich schluckte. »Hey, Mats«, sagte ich leise und wünschte, ich wäre nie herübergekommen.

»Setz dich doch«, meinte er lässig. »Ich muss das hier eben noch fertig machen«, und tippte weiter an dem Laptop.

Ruhig setzte ich mich neben ihn in die Küchenbank, obwohl alles in mir flatterte. Wie schaffte es Mats nur, so gelassen zu sein? Ich musste ihn nicht ansehen, ich spürte es auch so. Etwas hatte sich verändert. Seit dem Sommer war er anders geworden, viel sicherer und entschiedener. Das Schlimme war nur, dass mir das an ihm richtig gut gefiel.

Aber wie wirkte ich nur dagegen? So, als ob ich ewig auf Mats warten würde. Phh, von wegen! Um 16 Uhr kam Julia zu Besuch. Ich schaute auf die Küchenuhr. Ich würde noch genau eine Minute warten. Keine Sekunde länger, beschloss ich und behielt die Uhr im Auge, während mir ein schrecklicher Gedanke durch den Kopf schoss. Wie sah ich überhaupt aus? Bestimmt kringelten sich meine Locken, so warm wie es in der Küche war. Schnell strich ich über meine Haare und unterdrückte ein Stöhnen. Na toll, meine Befürchtung traf zu. Mit Ringelschwänzchen auf dem Kopf würde ich so richtig kleinkindhaft wirken. Genau so, wie Mats im Zug gesagt hatte. Am besten, ich ginge jetzt sofort, sonst würde es nur noch peinlicher. Rasch stand ich auf.

Mats klappte den Laptop mit einer Handbewegung zu und stand auch auf. »Was gibt's denn, Mathilda?«, fragte er so, als ob es ihn nicht besonders interessieren würde. Aber dann blickte er mich an. Und ich ihn. Sein Blick war nicht gleichgültig, sondern so… dass ich den ganzen Mats sah. Den Mats, der mich zum Lachen brachte wie kein anderer, der für mich da gewesen war, als ich verzweifelt nach unserem entlaufenen Kater gesucht hatte. Der als Einziger Ruhe bewahrte, als wir nachts im Wald seltsame Geräusche gehört hatten. Der Mats, der den romantischsten Zettel aller Zeiten in seinem Zimmer versteckte – und – ich zuckte zusammen, der Mats, der mit Saskia zusammen war! Mit einem Schlag fiel mir wieder ein, weswegen ich hergekommen war. ›Los, frag ihn schon‹, befahl ich mir selbst. Aber auf einmal fehlten mir die Worte. Verdammt, wieso war es viel schwerer, als ich gedacht hatte? Ich schluckte, dann ging's. Na ja so halbwegs: »Hör mal, Mats, wegen der Ferien in der Berghütte… also, ich dachte…« Am liebsten wäre ich mitten im Satz hinausgelaufen, aber das würde ich jetzt zu Ende bringen. »Du willst jetzt bestimmt lieber Saskia mitnehmen«, sagte ich betont lässig, bemüht, meine Gefühle so gut versteckt zu halten wie Weihnachtsüberraschungen.

Mats zog die Augenbrauen hoch. »Ach ja?«, rief er und seine Stimme klang aufgebracht. »Rein zufällig weiß ich selbst, wen ich über Silvester mitnehmen möchte. Ja, stell dir das mal vor, Mathilda. Aber du hältst es ja garantiert nicht die paar Tage ohne deinen Scott aus.« Er verzog den Mund zu einem abfälligen Grinsen.

Das und sein letzter Satz machten mich wütend. So richtig wütend. Woher wollte Mats wissen, dass ich es nicht ohne meinen Freund aushalten würde? »Hah, wer von uns klebt denn immer an seiner Saskia fest? Hmmm?«, fragte ich provozierend und schaute ihm fest in die Augen. Mats wich meinem Blick nicht aus. In seinen Augen war nun ein wütendes Funkeln, das ich noch nie gesehen hatte. Und das machte mir richtig Lust, ihn noch mehr zu provozieren. »Immerhin muss sie dich ja schon mit Plätzchen füttern!« Sollte Mats doch ruhig wissen, wie albern er sich auf dem Schulhof benommen hatte.

»Na so was, dass dir das überhaupt aufgefallen ist!« Seine Stimme wurde lauter, energischer. »Wo du doch nur noch Augen für deinen Scott und diese Zicke von Julia mit ihrem Gefolge hast!« Er lachte, aber ich kenne Mats' Lachen, dieses war nicht echt.

»Moment mal!« Ich fasste seinen Oberarm, damit er mich ansehen musste. »Was genau willst du denn damit sagen, hm?«, zischte ich und funkelte ihn kampflustig an. Mittlerweile kochte es in mir, ich atmete schneller und meine Wangen brannten. Aber das war mir nun egal.

Mit einem Ruck machte Mats seinen Arm frei. »Na, dann denk mal nach«, erwiderte er, während er seine Arme vor dem Bauch verschränkte und mich überlegen angrinste. Das brachte mich so richtig auf die Palme. Ich schnappte nach Luft. »Los, sag's schon oder traust du dich nicht?«

Doch Mats sagte nichts und grinste mich nur an. Ich war kurz davor zu platzen, aber das musste ich mir nicht länger bieten lassen. Ich stieß mit beiden Händen vor seine Brust. »Mann, bist du feige. Das ist echt zum Kotzen«, und lief an ihm vorbei zur Küchentür. Mit jemandem wie Mats, der nicht mal antwortete, hatte ich mir ohnehin nichts mehr zu sagen.

»Feige?«, hörte ich auf einmal seine Stimme hinter mir und wirbelte herum. »Wer von uns ist denn feige?«, fragte Mats, während er langsam auf mich zukam. »Du hängst in letzter Zeit nur mit den Beliebtesten aus deiner Klasse ab, weil du unbedingt dazugehören willst, Mathilda. Bitte sehr, jetzt weißt du, wie ich über dich denke.«

Wieso traf mich sein Satz wie ein abgeschossener Pfeil? Verletzt schrie ich: »Was? Bist du total bescheuert? Ich bin mit Leuten zusammen, die ich mag. Nur, dass du das mal weißt, Mats Quentin.« Meine Stimme zitterte. Ich wandte mich ab. Nichts wie weg, sonst würde ich noch anfangen, vor Mats zu heulen.

Doch Mats hielt mich fest. Nicht so, dass es weh tat, aber er fasste meine beiden Oberarme so, dass ich ihn ansehen musste. Ganz ruhig sagte er: »So, und wie ist es dann mit Linn und Philippa? Oder sind das jetzt nicht mehr Leute, die du magst?«

Ich machte den Mund auf, um etwas zu sagen, und schloss ihn wieder. Denn darauf gab es keine einfache Antwort, sondern nur viele unbequeme Fragen, an die ich eigentlich gar nicht denken wollte. Waren Linn und ich noch Freundinnen? Wir hatten uns auf der Straße angezickt und seitdem kein Wort mehr miteinander gesprochen. Okay, das lag auch daran, dass sie krank und nicht in der Schule war. Aber ich hätte sie natürlich besuchen oder anrufen können, wozu ich überhaupt keine Lust gehabt hatte. Und Philippa …

»Hast du eigentlich mal mitgekriegt, was bei Philippa

zu Hause los ist, seit ihre Mutter den Bandscheibenvorfall hat?«, sagte Mats in meine Gedanken hinein. »Dass ihre großen Geschwister zurzeit Klausuren schreiben, deshalb nicht kommen und auf dem Hof helfen können? Weißt du, dass Philippas Vater am Wochenende einen Stand auf dem Bratapfelfest hat und nicht weiß, wie er das schaffen soll? Aber nein …«, er ließ mich los und trat mit dem Fuß gegen ein Spielzeugpferd, das auf dem Küchenboden lag, »das ist für dich ja alles nicht so wichtig.«

Alles in mir war wie versteinert. Ich konnte gar nichts sagen. Denn … ja und das war das Schreckliche. Mats hatte recht. Total recht. Ich hatte Philippa nicht wirklich geholfen. Nein, ich hatte sogar gehofft, dass sie *nicht* meine Hilfe brauchte. Viel wichtiger war mir gewesen, in Julias Clique aufgenommen zu werden. Wie konnte ich das nur wieder gutmachen? Mit steifen Schritten ging ich zur Küchentür, während ich gegen die Tränen ankämpfte. Aber etwas musste ich unbedingt noch sagen. Ich hielt mich an der Türklinke fest und mit dem Rücken zu Mats stieß ich hervor: »Ich habe schon verstanden, Mats, mit einer Zicke wie mir willst du sowieso nicht in die Berghütte fahren.«

Mit einem Satz war Mats hinter mir. Seine Stimme klang rau, als er sagte: »Mit einer Zicke nicht, mit dir aber schon, Mathilda.« Er zögerte einen Moment, dann fügte er leise hinzu: »Natürlich nur, falls du mit mir fahren willst.«

Ich fühlte mich so erleichtert, dass ich dachte, ich würde abheben wie ein Luftballon. »Ja, das will ich«, wie zur Bestätigung nickte ich hastig. »Aber jetzt muss ich unbedingt zu Philippa.« Doch vorher habe ich noch Julia angerufen und ihr gesagt, dass ich heute keine Zeit habe.

Das Bratapfelfest

Nie hätte ich gedacht, was es bedeutet, beim Bratapfelfest am vierten Advent zu helfen. Zwei Tage im peinlichsten Outfit aller Zeiten! Wegen der Kälte bestand Mama darauf, dass ich lange Unterhosen trug (die wir dummerweise schon für die Ferien in der Berghütte gekauft hatten), dass ich darüber eine Jeans und meine dicke Skihose anzog, so dass ich ungefähr so schlank aussah, wie ein Nilpferd in einer Decke. Meine Füße steckten in unförmigen Schneeboots – und das war noch nicht alles. Jeder, der zum Stand des Krone-Hofes gehörte, trug ein rotkariertes Kopftuch und eine rote Schürze, auf der ein Apfelmännchen verkündete: »Zum Anbeißen!«

Aber ich war zum Glück nicht die einzige, die so rumlief. Auch Scott und Philippas Freund Hannes banden sich die Schürzen und Kopftücher um. Scott sah damit aus wie ein Pirat, wie ich stolz feststellte.

Aber besonders stolz war ich auf meine abf. Hannah war extra aus Köln gekommen, um Bratäpfel zu verkaufen. Denn Linn, die gerade erst ihre Grippe überstanden hatte, durfte nicht den ganzen Tag in der Kälte stehen. »Ist dir das warm genug?«, fragte ich Hannah, die in ihrem kurzen Rock und der dicken Strumpfhose stylish aussah, aber fröstelnd von einem Bein auf das andere trat. »Ich hoffe«, bibberte Hannah und schlang die Arme um ihre Schultern.

Scott kramte in seinem Rucksack. »Hier«, sagte er und hielt Hannah einen weichen Schal hin. Auch das mag ich so an ihm, dass er immer sieht, wenn andere Hilfe brauchen. Hannah blickte ihn an und murmelte ein Dankeschön. Sie nahm den Schal, legte ihn um ihre Schultern und vergrub versonnen ihr Gesicht darin. So still war meine abf sonst nie.

Aber zum Reden war keine Zeit. »Danke, dass ihr uns mithelft«, rief Philippas Vater und verteilte die Aufgaben. Philippa, die mit ihrem Kopftuch bildhübsch, wie ein Mädchen aus einem alten Gemälde aussah, übernahm die Kasse. Scott, Hannah und Hannes sollten Bratäpfel füllen und ich sie über die Theke reichen. Na, das klang ja nicht besonders schwierig, dachte ich. Aber von wegen! Denn immer wieder blieben ältere Jugendliche vor dem Bratäpfelstand stehen und riefen grinsend: »Die ist ja wirklich zum Anbeißen!« Das hörte ich an diesem Nachmittag so oft, dass ich mir am liebsten entweder Ohrstöpsel in die Ohren gepfropft hätte oder mit Bratäpfeln nach diesen blöden Typen geworfen hätte. Ich glaube, das mit dem Werfen hätte mir noch besser getan. Nur für Philippa trug ich weiterhin die Schürze mit dem peinlichen Aufdruck und das ebenso peinliche Kopftuch, während ich von ganzem Herzen hoffte, dass mir niemand Bekanntes begegnen würde.

Als es dunkel wurde, schoben sich die Besucher in Scharen zwischen den Marktständen vorbei und wir hatten mehr zu tun denn je zuvor. Doch ausgerechnet jetzt zitterte Hannah so, dass sie mit den Zähnen klapperte. »Kind, du musst ins Warme, sonst wirst du noch krank!«, sagte Philippas Vater. Ich wollte schon Mama anrufen, dass sie Hannah abholen sollte, aber Scott hatte eine andere Idee: »Wir wohnen ganz in der Nähe«, schlug er vor, während er schüchtern auf seine Füße schaute. »Willst du mit zu uns kommen und dich ein bisschen aufwärmen, Hannah?«

Erst wollte Hannah nicht, weil am Stand jeder Helfer gebraucht wurde, aber Philippas Vater ließ nicht locker, bis sie mit Scott ging. Ich winkte den beiden zum Abschied nach und erstarrte. Durch den Gang zwischen den Ständen marschierte Saskia, Hand in Hand mit Mats. Sie trug ein Lebkuchenherz um den Hals und weil sie geradewegs auf unseren Stand zukam, konnte ich auch gleich lesen, was darauf stand: ›Du hast mein Herz getroffen‹. Ja, lasst Lebkuchen sprechen, dachte ich. Falls ich jemals in meinem Leben gerne unsichtbar geworden wäre, dann in diesem Moment. Mats sollte mich nicht mit diesem Kopftuch sehen. Und diese Schönheit von Saskia schon gar nicht. Ich hatte nur eine Chance. Ich bückte mich rasch, wie um etwas vom Boden aufzuheben, und tauchte schnell hinter der Theke ab. Doch zu spät.

»Mathilda«, sagte Mats' Stimme vor dem Stand, »kommt ihr zurecht?« Seine Stimme klang besorgt und da war noch etwas in seiner Stimme, das alles in mir zum Flattern brachte. Langsam blickte ich zu ihm vom Bretterboden des Standes auf, unfähig etwas zu antworten, weil alle Worte in mir durcheinanderwirbelten. Auf keinen Fall konnte ich länger auf dem Boden hocken bleiben. Meine Wangen brannten, als ich mich aufrichtete und meine Schürze glattstrich.

Vor dem Bratapfelstand hatte sich eine Schlange gebildet, obwohl Philippa und Hannes fieberhaft arbeiteten.

»Könnt ihr noch Hilfe brauchen?«, fragte Mats, während Saskia neben ihm ungeduldig auf der Stelle tippelte. Stumm nickte ich und so, als ob es das Selbstverständlichste wäre, sagte Mats zu Saskia: »Warte nicht auf mich, das dauert hier länger«, und war mit einem Satz im Stand. Er übernahm die Kasse und es schien ihn kein bisschen zu stören, dass er wie wir alle das Kopftuch und die Schürze tragen musste.

Stattdessen hielt ich die Luft an. Denn Julia und ihr Gefolge steuerten direkt auf den Stand zu. »Hi«, sagte ich matt, während ich genau wusste, dass ich aussah wie ein Landei.

Julia musterte mich mit einem Blick, um naserümpfend festzustellen: »Das muss ansteckend sein, ihr seht ja alle so kleinkariert aus.«

Ich warf einen Blick über den Stand, wo Mats, Philippa und Hannes zusammen arbeiteten und ja, auf einmal war ich stolz darauf, dazuzugehören. Triumphierend blickte ich Julia an: »Ja, das ist Freundschaft und die ist ziemlich ansteckend.«

Einen Moment lang sah Julia so aus, als ob sie nicht wusste, was sie darauf antworten sollte. Dann hob sie das Kinn. »Na, wenn das so ist, dann mache ich mal, dass ich hier wegkomme«, verkündete sie von oben herab. Ihr Gefolge hakte sich bei ihr ein und zu dritt verschwanden sie.

Aber in diesem Moment passierte noch viel mehr: Ich wusste endlich, wer *nicht* meine Freunde waren. Nur eines wusste ich nicht: Hatte Scott mein Herz getroffen oder ein anderer Junge? Oder war das nur so ein blöder Lebkuchenspruch?

Friede, Freude, Eierkuchen?

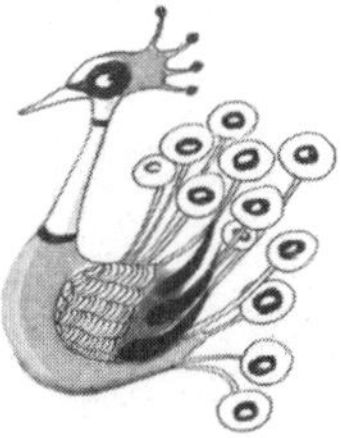

Wenn ich mir nach dem Bratapfelfest etwas gewünscht hätte, dann dass nun Friede, Freude, Eierkuchen herrschte. Zwischen mir und Linn. Aber stattdessen gab es Schweigen, Streit und eine Schokokeule. Aber am besten der Reihe nach.

Am Montagmorgen spürte ich sofort, dass Linn unseren Streit noch nicht vergessen hatte. Denn sie sprach nur mit Philippa, während sie mich mit Schweigen strafte. Aber ich wollte mich wirklich mit ihr versöhnen. Deshalb schickte ich Linn gleich in der ersten Stunde einen Zettel, auf dem stand: *›Lass uns wieder Freundinnen sein.‹*

Doch was machte Linn? Sie öffnete den Zettel nicht einmal, zeriss ihn ungelesen und warf ihn demonstrativ in den Papierkorb. Was sollte ich jetzt noch machen, wenn sie jeden Versöhnungsversuch abblockte? Mir fiel nichts ein. Hannah wollte ich nicht fragen. Denn so still, wie sie nach dem Bratapfelfest gewesen war, machte ihr etwas mächtig zu schaffen. Also blieb nur eines: In meinem Zimmer wühlte ich mich durch einen ganzen Stapel alter girlfriends, bis ich endlich gefunden hatte, was ich suchte. *›Zoff mit der besten Freundin?‹*, fragten bunte Buchstaben. Ich nickte seufzend, ja, so konnte man es wohl nennen. Doch der Artikel war ganz optimistisch. *›So kriegst du jeden Konflikt auf die Reihe‹*, versprach ein Sieben-Punkte-Plan. Es klang ganz einfach! Ich musste nur zum richtigen Zeitpunkt zu Linn gehen, ihr zuhören und sie ausreden lassen, weder übertreiben noch Vorwürfe machen, ruhig bleiben und mich entschuldigen. Ich würde sogar noch mehr tun. Als Zeichen der Versöhnung wollte ich Linn den großen Schoko-Weihnachtsmann schenken, der immerhin seit Nikolaus bei mir überlebt hatte.

Ich weiß nicht so genau, warum, aber nichts davon klappte. Kaum kam ich in Linns Zimmer, sprang sie wie von einer Tarantel gestochen aus ihrem Bett und fauchte: »Mach nicht auf nett. Damit kannst du vielleicht Mats und Philippa täuschen, mich aber ni…«

»Moment mal«, schrie ich dazwischen, alles andere als ruhig. »Wer von uns hat denn Philippa aus Rauchschwaden und vor dem Erfrieren gerettet und am Wochenende tausende von Bratäpfeln verkauft, hm?«

»Mir kommen die Tränen«, kreischte Linn und baute sich vor mir auf. »Wo ist denn deine Medaille, du Heldin?«

Wie von selbst hielt ich plötzlich den Schoko-Weihnachtsmann als Keule in der erhobenen Hand. »Die kannst du gleich sehen«, brüllte ich.

»Oooh, komm nur her, wenn du dich traust!«, kreischte Linn, während sie die Fäuste ballte.

»Du traust dich ja sowieso nichts! Ohne meine Ideen hättest du hier nie eine Beach- und eine Halloweenparty erlebt. Gib es ruhig zu!«

»Pah, und du bist doch nur hinter meinem Bruder her!«, brüllte Linn, »Das weiß ja jeder!«

»Bin ich nicht«, brüllte ich zurück und versetzte ihr einen Stups. Linn taumelte nach hinten. Gleichzeitig wurde ihre Zimmertür so rasch geöffnet, dass Linn die Tür in den Rücken bekam und auf mich zu stolperte. Oder genauer gesagt, prallte sie direkt mit dem Schoko-Weihnachtsmann zusammen. Die bunt bedruckte Alufolie sah erst aus, wie ein Auto beim Zusammenstoß mit einer Wand, dann zerriss sie knisternd. Schokoladenstückchen rieselten über Linn und fielen auf den Boden. Ausgerechnet auf den weichen, flauschigen Teppich, der seit kurzem vor ihrem Bett lag und für den sie seit dem Sommer ihr ganzes Taschengeld gespart hatte.

»Na warte!« Linn stürzte sich mit voller Wut auf mich, ich klammerte mich an ihr fest, so dass wir beide rückwärts in ihrem Bett landeten. Leider fielen wir dabei auf eine Stoffbahn des Baldachins, der über Linns Bett gespannt war. Seufzend senkte sich die Vorhangstange, so dass der leichte Stoff herunterrutschte und über uns herabschwebte.

»Das ist alles deine Schuld«, schrie Linn, während sie sich als Erste frei strampelte. Als ich unter der Stoffbahn auftauchte, fielen mir sofort Emmi und Cara auf. Mit großen Augen standen die beiden Kleinen in der Tür und riefen laut: »Mama, komm schnell, Mama!«

Wie soll ich sagen, von Versöhnung keine Spur, von Verwüstung schon eher. An diesem Abend fühlte ich mich so geknickt wie der Schoko-Weihnachtsmann, bevor er zerbrochen war. »Hah, von wegen ›So kriegst du jeden Konflikt auf die Reihe‹!«, murmelte ich und riss die Seite aus der girlfriends in winzige Schnipsel, die ich in meinen Papierkorb rieseln ließ. Wieso konnte nur alles falsch laufen, obwohl ich doch wirklich alles richtig machen wollte? Das war mir ein Rätsel.

Da kam eine SMS. Ob Linn sich wohl entschuldigen wollte? Nein, sie war von Scott, der für den letzten Schultag beurlaubt war: BYE, BYE, FLIEGEN JETZT GLEICH IN DIE USA. Wie gerne hätte ich mit ihm getauscht. Denn eines wusste ich genau: Linn würde ich am letzten Schultag besser aus dem Weg gehen, sonst gäbe es nachher noch Verletzte. Wenn schon ein Schoko-Weihnachtsmann zur Waffe werden konnte, kam mir unsere Küche ja fast lebensgefährlich vor. Ich seufzte. Wie gut, dass ich gleich vom ersten Ferientag an über die Weihnachtstage mit Friederike nach Frankfurt fahren würde. Da hatten Linn und ich schön viel Abstand voneinander. Aber – bei dem nächsten Gedanken wurde mir ziemlich unbehaglich zu Mute – oh je, wie würde es nur in einer kleinen Berghütte werden?

Weihnachtsfreie Zone

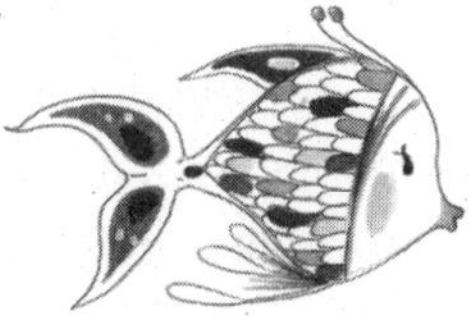

Die Straßen in Frankfurts Bankenviertel lagen am zweiten Weihnachtstag wie ausgestorben da, als ich außer Atem durch die Schluchten zwischen den Wolkenkratzern rannte. Ich hatte es so satt. Nichts war mehr wie früher. Da Papa in Hongkong arbeitete, hatten er und seine Frau Stephanie die große Wohnung mit der stylishen Dachterrasse gekündigt und sich eine viel kleinere Wohnung gesucht. Ohne Arbeitszimmer, in dem wir sonst geschlafen hatten.

Was hieß, dass ich seit drei Nächten Seite an Seite mit dem Tannenbaum auf dem Ausziehsofa im Wohnzimmer schlief (auf meiner anderen Seite eine Friederike, die sich wie ein Uhrzeiger im Schlaf drehte). An Ausschlafen war auch nicht zu denken, weil Stephanie jeden Morgen in aller Früh ins Bad stürmte, das gleich neben dem Wohnzimmer lag. Was sie dort machte, wollte ich garantiert nicht wissen, aber es war nicht zu überhören, dass ihr ziemlich schlecht sein musste. Nirgendwo gab es in der neuen Wohnung eine Stelle, wo ich mal ungestört sein könnte. Also musste ich raus. Unbedingt, sonst würde ich platzen. Keuchend blieb ich auf der Mainbrücke stehen und blickte in die schlammbraunen Fluten, als mein Handy klingelte.

»Hi, störe ich dich?«, fragte Mats etwas unsicher. »Sag ruhig, wenn es gerade schlecht ist«, und seine Stimme klang wieder so dunkel, dass es in meinem Bauch kribbelte.

»Nein«, schrie ich, »oh Mats, es könnte gar nicht besser sein.«

»Echt?«, sagte Mats »Da hab ich aber Glück, denn ich muss unbedingt mal was anderes hören.«

Das konnte ich ihm so gut nachfühlen. »Oh ja, mir hängt auch dieses ganze Weihnachtstrara so zur Nase raus. Bei Stephanie sieht es so aus wie in diesen teuren Einrichtungsmagazinen.« Und weil ich nicht wusste, ob Mats so eines überhaupt schon mal gesehen hatte, weil die bei den Quentins nicht rumlagen, fügte ich schnell hinzu: »Ein Albtraum in silber und weiß. Bloß keine bunten Weihnachtsbaumkugeln von früher, die würden ja nicht in das elegante Gesamtbild passen.« Ich schnappte nach Luft. »Und weißt du, womit ich mich noch rumschlage?«

»Mmmmh?«

»Dann sind da noch Stephanies heilige Tischdecken. Jeder Klecks wird wie ein Bombenangriff gewertet.«

Mats lachte so, dass ich mitlachen musste. »Wieso muss Weihnachten auch ständig gegessen werden?«, fragte er. »Kannst du mir das sagen?«

Ich schüttelte grinsend den Kopf. »Nein, aber weißt du was, Mats?«, flüsterte ich.

»Sag!« Mats war ganz bei der Sache, das hörte ich an seiner Stimme und ich konnte mir genau vorstellen, wie er, das Kinn auf die Hand gestützt, genau zuhörte.

»Wenn ich mal ausgezogen bin, dann ist bei mir weihnachtsfreie Zone.«

»Darf ich kommen?«

Mein Herz machte einen Sprung. Vielleicht, weil ich mir vorstellte, wie schön es wäre, mit Mats *nicht* Weihnachten zu feiern. »Unbedingt«, erwiderte ich leise.

»Wir machen auch nicht diesen ganzen Stress ums Essen«, sagte Mats, »es gibt einfach Nudeln mit Soße. Wie findest du das, Mathilda?«

»Gut oder wir gehen einen Döner essen!«

»Ja und …«, Mats zögerte einen kleinen Moment, bevor er weitersprach, »weißt du, was ich wirklich richtig witzig fände?«

Nun war ich es, die gespannt: »Mmmmh?«, fragte.

»Wir könnten uns so einen kleinen Tannenbaum besorgen und den mit lauter verrückten Sachen schmücken. Vielleicht mit rotweißem Absperrband!«

Das war wirklich genial, ich sah das freakige Tannenbäumchen schon richtig vor mir. »Und dazu hängen wir noch eine rote Bonbonkette in die Zweige. So etwas hatten wir mal im Kindergarten. Ich glaube, dazu muss man die Enden der Bonbons einfach nur aneinandertackern.«

Mats lachte und sagte leise: »Du, Wichtel, das wird echt schön.«

Ich sagte es nicht, aber ich dachte es: ›Du, Mats, es ist jetzt auch schon richtig schön.‹ Als ich zu der neuen Wohnung von Papa und Stephanie zurückging, fühlte ich mich richtig glücklich, bis Friederike die Tür öffnete.

Sie legte den Finger auf die Lippen und zog mich in die Wohnung. »Schnell, schnell, bevor sie von ihrem Spaziergang zurückkommen«, wisperte sie und zerrte mich eilig in den Flur, wo Stephanies riesige Lederhandtaschen an der Garderobe hingen.

»Was ist denn mit dir los?«, zischte ich und schüttelte Friederike ab. »Du willst doch nicht etwa …«

»Nein, wollte ich auch nicht«, erwiderte Friederike patzig. »Ich bin gegen die doofe Handtasche gestoßen, was muss die auch so groß sein wie ein Koffer?«

Na ja, das mit dem Koffer war natürlich übertrieben, aber trotzdem wusste Friederike, dass man nicht an fremde Taschen oder Sachen ging. Doch sie beugte sich vor und nahm einfach die mintfarbene Handtasche vom Haken.

»Friederike, du willst doch nicht etwa …«, fing ich an und kam mir fast wie unsere Mutter vor.

»Will ich nicht, muss aber sein«, konterte Friederike, zog ein kleines Lederetui aus der Handtasche, klappte es auf und hielt es mir hin. »Mathilda, mach schon, sieh dir das schon an!«

Ich konnte nicht glauben, dass meine Schwester überhaupt keine Gewissensbisse hatte. »Was ist, wenn Papa und Stephanie zurückkommen?«, wisperte ich, obwohl wir nur zu zweit in der Wohnung waren.

»Ich höre die Absätze von Stephanie sofort, wenn sie unten im Treppenhaus sind«, erklärte Friederike. »Los, sag mir, was siehst du darauf?« Aufmunternd stupste sie mich an, so als ob sie die Ältere wäre. Das passte mir überhaupt nicht.

»Das sehe ich doch sofort«, erklärte ich, während ich ratlos auf graue Schlieren und einen kleinen weißen Punkt blickte. Wieso wusste dieses Kind, was es mit dem Zettel auf sich hatte? Auf keinen Fall würde ich zugeben, dass ich nichts wusste. Ich überflog den Zettel nach weiteren Hinweisen und erkannte am Rand einen mir bekannten Namen: Stephanie Schneider. Papas neue Frau hatte ihren Namen nach der Hochzeit behalten. Darüber stand da noch: Praxis Dr. Gravitas, Gynäkologin, Frankfurt.

Mit einem Mal wurde mir heiß, denn dass eine Gynäkologin eine Frauenärztin war, das wusste ich längst. Sollte Stephanie etwa …

»Du meinst, sie ist schwanger?« Ich sah meine kleine Schwester entgeistert an. Was sollte Stephanie mit einem Baby, wo sie doch den ganzen Tag in der Anwaltskanzlei oder vor Gericht war? Stephanie in ihren Hosenanzügen und mit ihren eleganten Handtaschen konnte ich mir weder beim Windelnwechseln noch auf dem Spielplatz vorstellen. »Vielleicht ist das nur eine Zyste, die entfernt werden muss. So etwas hat Mama doch auch mal gehabt.« Ja, das musste es sein, dachte ich, und die Erleichterung breitete sich in mir aus. Wie ein Baby sah der Punkt zum Glück überhaupt nicht aus. Ich reichte Friederike das Etui zurück.

Doch meine Schwester schlug sich mit der Hand gegen den Kopf. »Wer steckt sich denn das Bild von einer Zyste in so ein schönes Etui? Häh?«

Als ich das hörte, wusste ich sofort, dass meine kleine Schwester recht hatte. Plötzlich fiel mir noch etwas ein. »Frau Quentin war morgens schlecht«, stöhnte ich und bei dem Gedanken wurde mir auch ganz flau.

Friederike sah mich an, als sei ich verrückt geworden. »Wovon redest du jetzt, Mathilda?«

»Am Anfang ihrer Schwangerschaft war es Frau Quentin morgens auch schlecht, das hat Linn mir erzählt.«

Plötzlich kam es mir so vor, als seien wir von einer Horde unsichtbarer Babys umzingelt, die uns frech die Zunge rausstreckten und nur darauf lauerten, uns mit ihren Windeln zu bewerfen.

Meine Schwester nickte ernst. »Mathilda, ich sage dir eines, ob wir wollen oder nicht, bald müssen wir Papa mit so einem Schreihals teilen!«

Nur, wann würde mein Vater mit der Wahrheit herausrücken?

Papa wollte das anscheinend nicht, aber er hatte keine Chance. Wenn Friederike und ich etwas wissen wollen, kommt er nicht gegen uns an. Wir haben natürlich den idealen Moment abgepasst, als wir nur zu dritt im Auto saßen und Papa uns zum Hauptbahnhof gefahren hat. Natürlich haben wir das Gespräch geschickt angefangen und behauptet, dass wir uns um Stephanie Sorgen machen, weil es ihr so oft schlecht gewesen sei. »Nein, nein, das ist nichts Ernstes«, meinte unser Vater, aber sah dabei so aus wie Kralle, wenn er heimlich Aufschnitt stibitzt hat. Friederike und ich warfen uns einen Blick zu. Damit würde Papa bei uns nicht durchkommen, darüber waren wir uns ausnahmsweise ganz einig.

»Oder hat es vielleicht einen ganz anderen Grund?«, sagte ich so nebenbei wie möglich, während mein Vater das Lenkrad fester umklammerte und angestrengt auf die Straße starrte. »Ich meine nur, weil wir letztens im Aufklärungsunterricht gehört haben, dass …«

Papa holte tief Luft. Er warf uns durch den Rückspiegel einen Blick zu, so, als ob er uns ins Vertrauen ziehen wollte. »Wisst ihr, eigentlich wollten wir es euch erst sagen, wenn es wirklich sicher ist«, sagte er und er hatte plötzlich einen furchtbar ernsten Gesichtsausdruck. »Stephanie ist seit kurzem schwanger, aber sie hat bereits ein Mal ein Baby in den ersten drei Monaten der Schwangerschaft verloren.«

»Wie verloren?«, rief Friederike dazwischen und sah so aus wie ein Fragezeichen. »Wie kann man denn ein Baby verlieren?« Das konnte ich mir auch nicht wirklich vorstellen. Wir rutschten soweit in unseren Sitzen nach vorne, wie es die Gurte zuließen, um ja kein Wort zu verpassen.

Wieder holte Papa Luft. Es schien ihm schwer zu fallen, darüber zu sprechen. »Wenn in den ersten zwölf Schwangerschaftswochen etwas nicht in Ordnung ist, wächst das Baby nicht weiter. Dann kommt es zu einer Fehlgeburt.«

Davon hatte ich noch nie etwas gehört und auf einmal wurde mir so sehr bewusst, was für ein großes Glück ich gehabt hatte, dass ich geboren worden war. Auch Friederike saß ganz still in ihrem Sitz.

»Versteht ihr jetzt, warum Stephanie erst ganz sicher sein will, dass mit dem Baby alles in Ordnung ist, bevor sie euch etwas davon erzählt?«, fragte Papa.

Friederike und ich nickten stumm. Und mal wieder dachte ich, warum die Dinge immer so viel komplizierter sein müssen, als sie auf den ersten Blick scheinen. Wie traurig Stephanie gewesen sein musste, als sie das erste Baby verloren hatte, und wie viel Angst sie jetzt haben musste. Auch wenn ich lieber einen großen Bruder gehabt hätte, in diesem Moment wünschte ich dem Baby, dass alles gut gehen sollte. Doch wie sollte das alles nur werden, wenn Papa in Hongkong, Stephanie in Frankfurt und wir in Krähwinkel waren?

Achterbahn

Warum ist es mit den Gefühlen so wie mit einer rasanten Achterbahnfahrt, die man freiwillig nicht antreten will? Aus der man trotzdem nicht mehr aussteigen kann? So kommt es mir oft vor. Auch an dem Tag, als wir nach Hause fuhren. Der absolute Tiefpunkt war, als wir uns von Papa im Frankfurter Hauptbahnhof verabschieden mussten, ohne zu wissen, wann wir ihn das nächste Mal wiedersehen würden. Er musste nach Hongkong zurückkehren und die einzige Art, Papa zumindest zu sehen, war, über Skype mit ihm zu telefonieren. Aber das war nicht dasselbe. Überhaupt nicht! So klammerten Friederike und ich uns auf dem Bahnsteig schluchzend an unseren Vater, der uns in den Armen hielt und immer wieder »Ach, Krümel«, (das ist mein alter peinlicher Kosename) oder »ach, Mücke«, murmelte. Als ich klein war, dachte ich immer, Eltern wüssten und könnten alles. Doch es gab nichts, was Papa tun konnte. Und vielleicht war es das, was am meisten weh tat, als wir mit 300 Stundenkilometern im ICE Richtung Köln sausten.

Doch dann kam eine SMS und in meinem Bauch kribbelte es, wie in einer Achterbahn, wenn sie in die Kurve geht. Denn Mats hatte geschrieben:

WICHTEL, IN 16 STUNDEN SIND WIR SCHON UNTERWEGS. :D

Ich drückte das Handy an mich und hatte sofort ganz viele Szenen im Kopf, die noch nie passiert waren, aber die ich mir wunderschön vorstellte. Mats, der meine Hand nahm und mich auf so eine ganz bestimmte Art anlächelte, Mats, der für mich ein Herz in den Schnee malte, Mats, der mir über meine Haare strich, bevor er mich küsste …

»Was grinst du so?«, maulte Friederike neben mir. Das war mal wieder typisch für meine kleine Schwester. Wenn sie traurig war, durfte niemand sonst in ihrer Nähe auch nur einen Moment lang glücklich sein.

»Geht dich nichts an«, fauchte ich zurück, während ich aus dem Zugfenster schaute. Friederike sollte ruhig merken, dass ich keine Lust hatte, mit ihr zu sprechen. Wie gerne hätte ich das glückliche Kribbeln festgehalten. Ich lehnte meinen Kopf an die Fensterscheibe und dachte wieder an Mats. Aber stattdessen tauchte plötzlich Linn in meinen Gedanken auf. Total wütend, wie letztens! Sofort fühlte ich mich wie in einer Achterbahn, kurz bevor sie in die Tiefe saust. Denn Linn und ich waren schlimmer zerstritten als je zuvor. Wie würde das morgen nur während der langen Autofahrt werden? Und wie stressig würde das erst in der Berghütte sein? Oder sollte ich lieber erst gar nicht mitfahren? Aber dann würde ich niemals herausfinden, ob ich Silvester einen Kuss von Mats bekommen würde. Den wollte ich natürlich auf keinen Fall verpassen. Also würde ich mitfahren!, dachte ich entschlossen, um im nächsten Moment zu denken: Oder lieber doch nicht? Im Gegensatz zur festgelegten Strecke bei einer Achterbahn wissen Gefühle manchmal leider überhaupt nicht, wohin sie sollen.

An diesem Abend kam mit einem Mal meine Gefühlsachterbahn zum Stillstand. So als ob sie aus voller Fahrt mit einem Ruck stoppte und man unsanft aus dem Sitz gehoben wurde. Ich stand mit der Taschenlampe in meinem Dachzimmer am Fenster. Eigentlich wollte ich nur mal schauen, ob Mats in seinem Zimmer war, und hatte ihm bereits zweimal unsere Lichtzeichen gesendet. Aber im Giebel gegenüber blieb alles dunkel. Doch dann sah ich ihn: Mats stand unten vor der Haustür der Quentins. Aber er war nicht allein. Saskia klammerte sich an ihn, als ob er zu einer fünfjährigen Marsmission starten würde. Mats klopfte ihr auf die Schulter und schien etwas Tröstendes zu sagen, doch Saskia war untröstlich. Ihre Schultern zuckten, so sehr weinte sie. Das sah ich genau. Jetzt wusste ich es! Mats erlebte seine große Liebe. Mit Saskia, nicht mit mir. Er hatte mich als gute Freundin eingeladen, mit in die Berghütte zu fahren – und so würde ich mich auch benehmen. Aber warum fühlte es sich dann so traurig an?

Am nächsten Morgen war es soweit. Der Bus der Quentins war voll beladen, als der alte Meyer mit T-Rex (so nenne ich seinen Dobermann Rex, der so angriffslustig wie ein T-Rex ist) vorbeikam. »Für so einen Unsinn wie Urlaub habe ich ja nie Zeit gehabt«, brummte er und marschierte weiter, während wir einstiegen.

Mats saß zwischen den beiden Kleinen in der ersten Reihe. In der zweiten kamen erst Linn, dann Philippa und ich. Ich war froh, dass Philippa in der Mitte saß. Sozusagen als Puffer zwischen Linn und mir. Denn sie sprach kein Wort mit mir. Aber sie verdrehte jedes Mal die Augen, wenn es in der Reihe vor uns piepte und Mats eine SMS nach der anderen von Saskia bekam. In dem Punkt konnte ich Linn nur recht geben. Vielleicht wusste ich nicht, was die große Liebe war, aber das war doch etwas viel. Nach einigen Stunden fuhren wir an eine Raststätte und Mats stürmte mit dem Handy aus dem Auto, während wir zu den Toiletten liefen. Frau Quentin, Cara und Emmi waren schon längst wieder gegangen, nur Philippa kam nicht aus der Toilettenkabine heraus. Nachdem Linn und ich schweigend eine Weile in dem fahlen Neonlicht gewartet hatten, klopfte sie schließlich an die Tür. »Geht es dir nicht gut, Philippa?«, rief Linn besorgt.

»Brauchst du etwas?«, fügte ich hinzu, weil ich dachte, dass Philippa vielleicht von ihrer Periode überrascht worden war.

»Ja!«, tönte es sofort aus der Kabine. »Ich brauche zwei Freundinnen, die sich sofort wieder vertragen.«

»Phh«, machte Linn mit erhobenem Kinn. »Das entscheide ich immer noch selbst, ob und wann ich mich versöhne.« Sie sah dabei so überheblich aus, dass ich mir gleich wieder wünschte, nicht mitgefahren zu sein.

»Phh«, äffte ich sie nach. »Dazu braucht es immer noch zwei!« Wir funkelten uns an und hätten fast vergessen, dass Philippa immer noch in der Klokabine steckte.

Schließlich klopfte Linn erneut an die Tür. »Philippa, jetzt komm schon«, bat sie und blickte nervös auf ihre Armbanduhr. »Wenn mein Vater etwas hasst, dann wenn der Zeitplan nicht eingehalten wird.«

»Ich komme erst hier raus, wenn ihr beide euch versöhnt

habt«, hallte es dumpf aus der Toilettenkabine. Das war der Moment, in dem Linn und ich ahnten, wie ernst es Philippa damit war.

Im nächsten Moment ging die Tür neben Philippas Kabine auf und eine junge Frau trat heraus. »Hey, sagt mal, dreht ihr drei gerade für diese Fernsehsendung ›Bitte, verzeih' mir‹ oder seid ihr so schräg drauf?« Sie ging an uns vorbei zu den Waschbecken, während Linn und ich rot wurden. Wie feuerrot, das sahen wir gleich gegenüber, in der Spiegelfront über den Waschbecken. Es ist nicht fair, immer wenn ich eine schlagfertige Antwort brauche, fällt mir garantiert keine ein.

Als wir wieder allein waren oder zumindest so allein, wie man auf einer öffentlichen Toilette sein kann, drehte ich mich zu Linn um. »Mir tut es wirklich leid, dass wir Streit hatten, und ich möchte, dass wir wieder Freundinnen sind.« Es war gar nicht schwer. Im Gegenteil, die Worte kamen wie von selbst und mit jedem fühlte ich mich besser.

Linn nickte. »Ja, mir auch«, stieß sie hervor und dann fiel sie mir um den Hals. »Ach, das waren die schlimmsten zwei Wochen aller Zeiten.«

»Ein Grund mehr, dass sie nun für immer und ewig beendet sind«, ließ sich Philippa vernehmen, die aus der Klokabine kam. »Los, Mädels, ab jetzt wird das wie Zimt- und Zucker-Toast!«

Ja, das wollte ich auch. Mehr als alles andere. Von der ständigen Berg- und Talfahrt der Gefühle hatte ich nämlich genug, ein für alle Male. Den Rest der Fahrt kam keine SMS mehr an. Aber vielleicht lag es auch daran, dass wir nun in Österreich waren und Kurznachrichten aus dem Ausland ziemlich teuer sind. Selbst für eine große Liebe.

Allein unter Mädels

Theoretisch hatte ich natürlich gewusst, dass die Berge in Österreich hoch sind. Aber auf einem Foto ist es noch einmal etwas ganz anderes, als wenn man auf einer schmalen Straße fährt. Wo auf der einen Seite nichts als Felswand und endlos viel Berg über uns aufragte, auf der anderen nichts als der Abgrund. Dann spürt man ganz deutlich, wie winzig klein ein Mensch ist.

Ich atmete auf, als wir endlich den kleinen Ort erreichten, wo unser gesamtes Gepäck vom blauen Bus der Quentins in eine Pistenraupe verladen wurde. »Und was ist mit uns?«, riefen die Kleinen, als die Raupe ohne uns den Berg hinauffuhr.

Linn zeigte auf die Gondelbahn. »Damit fahren wir das letzte Stück!« Cara und Emmi waren begeistert, bis die Gondel hin- und herschwankte, als sie die Station verließ. So, als ob sie aus den Seilen springen würde. Ich klammerte mich an den nächstbesten Arm – und das war der von Mats. »Da passiert nichts«, murmelte er gleich über meinem Ohr. Stumm nickte ich und vergaß vor Angst ganz, seinen Arm loszulassen. Aber Mats schien es nicht zu stören.

Nebeneinander sahen wir zu, wie der Abstand zum Boden größer wurde, während wir über eine Skipiste und dann in eine tief verschneite Welt hinaufschwebten. Die Tannenwipfel schienen fast den Boden der Gondel zu streifen.

»Sieh mal, das muss unsere Berghütte sein!« Mats beugte sich vor und zeigte auf ein einsames Holzhaus, das an den Hang geduckt lag. Das Dach war so dick verschneit, dass es aussah, als hätte jemand lauter dicke, weiße Bettdecken darauf abgelegt. »Wie aus einem Märchenbuch«, murmelte ich und ganz ohne nachzudenken, ob das vielleicht kindisch klang.

Mats lächelte. »Habe ich auch gedacht«, sagte er so leise, dass nur ich es hören konnte. »Echt?« Ich lächelte Mats an. Wir sahen uns einfach nur an. Etwas zu lange, aber er hat wirklich wunderschöne Augen. So, dass ich irgendwie alles andere vergaß, bis Linn an meinem Ärmel zerrte. »Mathilda, pass auf, wir müssen jeden Moment aussteigen.«

Und wirklich, ruckelnd fuhren wir in die Bergstation. Schnell stiegen wir aus der Gondel, ließen lauter Skifahrer in ihren bunten Anzügen und Helmen hinter uns und stapften durch den platt gewalzten Schnee zu der einsamen Hütte. Mit jedem Schritt warf ich mir vor: Wieso vergisst du ständig, dass du nur eine gute Freundin von Mats bist? Er ist mit Saskia zusammen und du mit Scott. Schon vergessen? Aber irgendwie zog mich immer alles so zu Mats hin. Dagegen konnte ich gar nichts machen. Nix da, sagte ich mir selbst. Ab jetzt passt du auf. So schwer konnte das doch gar nicht sein.

War es zuerst auch nicht. Denn da entdeckten wir die Berghütte. Sie war klein, aber wirklich wunderschön und mit dem vielen Holz sehr gemütlich. Im Erdgeschoss gab es eine Wohnküche mit einer Eckbank. Neben einem alten Ofen mit einem dicken, schwarzen Rohr waren lauter Holzscheite gestapelt. Hier konnte man nicht einfach eine Herdplatte andrehen, sondern man musste erst ein Feuer anzünden.

»Ich mache das!«, rief Mats so, als ob er jeden Tag in der Wildnis leben würde. Doch bald darauf verriet eine Qualmwolke, dass es dazu etwas mehr Übung brauchte.

»Los, Mädels, bevor wir hier noch geräuchert werden«, Linn warf ihrem Bruder einen vorwurfsvollen Blick zu, der deutlich verriet, was sie von dem Qualm hielt. »Lasst uns schon mal schauen, wo es zum Matratzenlager geht.«

Neugierig stürmten wir in den Flur – und blieben sofort stehen. Denn hier gab es kein Fenster und es war stockfinster. Etwas unheimlich war es auch, denn man wusste nicht, ob da außer uns noch jemand stand … oder kroch. Vielleicht gab es Mäuse in so einem alten Haus? Nervös tasteten wir an der Wand nach einem Lichtschalter, bis Philippa lachend rief: »Da können wir lange suchen, die Hütte hat doch gar keinen Strom!«

Stimmt, dachte ich, auf der Fahrt hatte uns Herr Quentin lang und breit erklärt, dass in der Berghütte eine Solaranlage das Warmwasser in Küche und Bad produzierte und es zum Aufladen der Handys eine einzige Steckdose gab. Im Dunkeln ging mir ein Licht auf. »Klar, deshalb stand auf der Packliste, dass jeder von uns eine Taschenlampe mitnehmen sollte.« Linns Vater hatte wirklich an alles gedacht. Kurz darauf kletterten wir im Schein unserer Taschenlampen und mit den Taschen auf dem Rücken die steile Holzleiter ins Matratzenlager hinauf. Wir leuchteten in die Dunkelheit. Der

Boden war von lauter Matratzen bedeckt. Hier konnten bestimmt sechs bis acht Leute schlafen, ja nachdem, wie eng sie nebeneinander lagen. Das konnte bestimmt ganz schön kuschelig sein, vor allem, wenn ich mir vorstellte, neben… Schluss jetzt, befahl ich meinen Gedanken und leuchtete nach oben. Viel Platz war unter den Dachschrägen nicht. An der höchsten Stelle konnte ich so gerade noch stehen. Aber Mats, der einen Kopf größer war als ich, würde hier nur gebückt gehen können. Verdammt, wieso musste ich eigentlich ständig an Mats denken. Es war wie verhext.

Um so mehr achtete ich darauf, dass mein Schlafsack gleich vorne, an der Leiter lag, dann kam Philippa und dann Linn. Am hinteren Ende des Giebels blieb noch genügend Platz für Mats.

»Mädels, jetzt machen wir es uns gemütlich«, verkündete Linn und legte ihre Taschenlampe auf einen Balken. Wir bezogen unsere Kopfkissen, kramten gleich ein paar girlfriends heraus und verstauten knisternd eine Tüte Chips unter dem Dachbalken. Der Abend konnte kommen! Nur besonders warm war es hier oben unter dem Dach nicht.

Philippa zog sich einen zweiten Pullover über und rief bibbernd: »Den werde ich nachts einfach anlassen. Und meine Wollsocken auch!«

Doch mir machte etwas ganz anderes Sorgen. Was ist, wenn ich nachts mal auf die Toilette gehen müsste? Wie unheimlich würde das alleine sein? »Hört mal«, sagte ich leise zu meinen Freundinnen, »könnten wir nachts nicht immer zu dritt gehen, wenn eine von uns mal aufs Klo muss?«

Linn und Philippa waren sofort damit einverstanden. »Los, lasst uns mal Probe liegen«, schlug Linn vor und landete mit einem Hechtsprung auf ihrer Matratze. Fast gleichzeitig zogen wir drei die Reißverschlüsse von unseren Schlafsäcken auf, kletterten hinein und zogen sie bis zur Nasenspitze hoch. Langsam wurde es warm.

»Pupst dein Bruder eigentlich?« Philippa stützte sich auf einen Ellenbogen auf und strich ihre langen Haare zurück. »Bei meinem Bruder Justus ist die ewige Pupserei ganz schrecklich!«

Ich spitzte die Ohren. Igitt, ob das wohl bei allen Jungs so war?

»Ach, das geht bei Mats eigentlich«, Linn zog die Beine an, bis sie aussah wie ein großer Ball. »Aber er spricht im Schlaf!«

Das wurde ja richtig interessant. Mein Herz fing plötzlich an schneller zu klopfen. Oder, oh nein, dachte ich, unter Umständen könnte das ja auch sehr verräterisch sein. Was, wenn Mats einen gewissen Namen sagen würde? »Und kann man das verstehen?«, fragte ich so beiläufig wie möglich, während mein Herz schneller und schneller schlug.

Linn kicherte los. »Das würde dir wohl so gefallen, Mathilda«, sie griff nach ihrem Kopfkissen und schleuderte es zu mir hinüber. »Meinen armen Bruder im Schlaf auszuhorchen.«

»Na warte!«, schrie ich, sprang auf und hopste im Schlafsack über Philippa, um mich auf Linn zu stürzen. »Ach, was sollte es denn da Interessantes zu hören geben?«, kreischte ich, während ich versuchte, Linn durch den dicken Schlafsack auszukitzeln.

Linn quietschte wie ein Ferkel und zog mir die Hände weg, so dass ich auf sie kippte. Neben uns bemerkte Philippa grinsend: »Na, so was in der Art von: Mathilda, du bringst mein Herz zum Schmelzen!«

Linn schnappte nach Luft und johlte: »Oder, Mathilda, für dich tue ich doch alles!«, ausgerechnet in dem Moment, als die Leiter knarrte und Mats seinen Kopf über die Luke streckte. Mein Herz blieb fast stehen. War das peinlich, er hatte alles gehört, was wir gesagt hatten. Und nicht nur das. Er sah, dass Linn und ich übereinander lagen wie zwei Würstchen im Schlafrock an der Fleischtheke.

»Geht's noch?«, fragte Mats knapp, schob seine Tasche über die Luke und kletterte auf das Matratzenlager.

»Und wie!«, kreischten meine Freundinnen und wir konnten nicht mehr aufhören zu lachen. Trotzdem tat Mats mir leid. Es ist bestimmt nicht einfach, der einzige Junge unter lauter Mädels zu sein. Vor allem nicht, wenn man im Schlaf spricht. Eines stand fest, ich würde nachts so lange wach bleiben, wie es nur ging. Wer weiß, was ich da noch alles hören würde!

Eiskalt erwischt

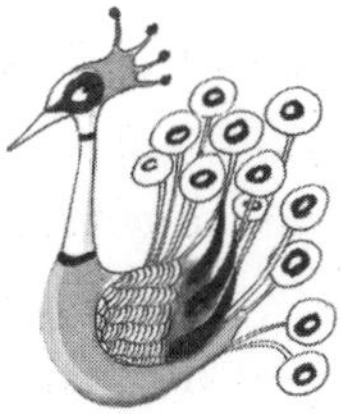

In einer Berghütte mit nur einem Badezimmer dauert es ziemlich lange, bis acht Personen der Reihe nach gewaschen, gekämmt und angezogen sind. Daran änderten auch die exakt festgelegten Bad-Zeiten auf dem Bad-Plan von Herrn Quentin nichts. Mats war noch als Letzter im Bad, während Linn, Philippa und ich warm eingepackt die Berghütte verließen. Sofort mussten wir blinzeln. Denn die Sonne stand am knallblauen Himmel und der Schnee glitzerte und funkelte wie ein Meer aus Diamanten. (Okay, so eines habe ich natürlich noch nie gesehen, aber würde es mir genau so unglaublich schön vorstellen.) Wir sahen sie nicht, aber irgendwo jauchzten die Kleinen, die unbedingt Schlitten fahren wollten. Ansonsten war es ganz still und so kalt, dass man jeden Atemzug spürte.

Philippa hielt sich eine Hand wie einen Schirm gegen das gleißende Sonnenlicht über die Augen und blickte über die verschneite Landschaft. »Schade, dass Hannes nicht auch hier ist.« Wie immer, wenn sie von ihrem Freund sprach, bekam sie einen ganz verträumten Gesichtsausdruck. »Was meint ihr, ob der Schnee nachts im Mondschein wohl auch so herrlich glitzert?«

Linn schüttelte ungläubig den Kopf: »Mensch, wovon redest du jetzt? Von Hannes oder vom Schnee?« Sie ahnte nicht, wie sehr das eine mit dem anderen zusammenhing.

Aber mir war sofort klar, woran Philippa dachte. Fast hätte ich geseufzt. Würde das romantisch sein, bei Mondschein in dem glitzernden Schnee zu stehen. Natürlich nicht allein, sondern mit Mats! Aber wie würde ich ihn abends unauffällig aus der Hütte locken? Ich konnte ja schlecht sagen, dass ich mal mit ihm alleine unter dem Sternenhimmel stehen wollte. Schon bei dem Gedanken daran wurde ich rot. Aber was könnte ich stattdessen als Grund vorgeben? Den Quentins anbieten, den Müll rauszubringen, und dann vorgeben, alleine Angst im Dunkeln zu haben? Oder vielleicht könnte ich Holzscheite für den Ofen hereinholen und dabei Mats um Hilfe bitten? Aber beides war bestimmt längst anderweitig in dem Aufgabenverteilungsplan von Herrn Quentin erfasst. So sehr ich auch überlegte, mir fiel nichts Überzeugendes ein, wieder seufzte ich, dieses Mal aber vor Enttäuschung. Vielleicht war es besser, dass das mit dem Mondschein und Mats nichts werden würde, da wir ja ohnehin nur gute Freunde sein konnten.

Linn sah mich verwundert an: »Was hast du, Mathilda? Tut dir etwas weh?«

»Weh? Wieso?«, rief ich und sprang mit einem Satz in den Schnee, um ja keine weiteren Erklärungen abgeben zu müssen. »Los, kommt schon, wenn wir hier stehen bleiben, frieren wir noch fest.«

Philippa, Linn und ich versuchten einen Schneemann zu

bauen, aber der Pulverschnee pappte nicht. Dann ließen wir uns rückwärts in den Schnee fallen und ruderten mit den Armen und Beinen, so dass Engelabdrücke entstanden. Und als ich so auf dem Rücken im Schnee lag, über mir der endlose blaue Himmel, eingerahmt von den Bergspitzen, dachte ich, dass das verschneite Dach der Hütte wie eine breite Rutsche aussah.

Mit einem Satz war ich auf den Beinen. »Los, das wird der Knaller!«, rief ich und zog meine Freundinnen auf. »Seht ihr das?« Ich deutete auf den Hang, der auf das Hüttendach überging. »Wir klettern von der Hangseite aufs Dach hinauf und rutschen runter!«

»Hammer!«, rief Philippa und war nicht mehr zu halten. Nur Linn sah nicht so überzeugt aus. Sie warf einen prüfenden Blick über die verschneite Landschaft. »Na gut, meine Eltern sind nicht in Sicht, schnell, das mit dem Rutschen machen wir besser, bevor sie zurückkommen.«

Zu dritt stapften wir durch den hohen Schnee, kämpften uns durch eine hüfthohe Schneeverwehung zur Rückseite der Hütte und schon standen wir auf dem Dach. Da man es unter der dicken Schneeschicht natürlich nicht mehr sah, kam es uns nicht wirklich so vor, als ob wir über ein Dach klettern würden, bis wir am Schornstein vorbeikraxelten. Nebeneinander setzten wir uns auf dem Dachfirst hin.

»Mathilda, du zuerst, immerhin war es deine Idee.« Großzügig ließ mir Philippa den Vortritt, obwohl sie es selbst kaum abwarten konnte. In meinem Bauch kribbelte es wie verrückt. Wann konnte man auch schon mal von einem Hausdach rutschen? Ich stieß mich mit beiden Händen ab, zog die Knie an und ruuuuuuuuuuutschte los, sauste über die Dachkante und flog durch die Luft, als unter mir Mats aus der Hütte trat.

»ACHT…«, schrie ich noch, aber da landete ich schon auf dem Boden und eine riesige Schneeladung vom Dach auf Mats. Der sah jetzt aus wie ein Schneemann, sogar seine dunkelroten Haare waren weiß. Ich hatte ihn wirklich eiskalt erwischt.

Wir rappelten uns nebeneinander auf, während ich stammelte: »Mats, sorrry, also, das ist wirklich Pech, dass du…« Ich warf ihm einen raschen Blick zu. Ob Mats mir böse sein würde? Ich hatte ja nicht ahnen können, dass er gerade rauskommen musste, als ich vom Dach rutschte. Besorgt blickte ich ihn an.

Mats sagte nichts, er schüttelte sich, wie ein Hund nach dem Schwimmen, dass der Schnee nur so flog, und dann grinste er mich an. Seine Augen blitzten und er rief: »Renn, Wichtel, renn so schnell du kannst.«

Ich quiekte und rannte los. Aber durch den tiefen Schnee kann man kaum rennen. Man kommt nicht wirklich schnell voran. Und man ist sofort außer Atem. Ich japste nach Luft, während ich hinter mir das Knirschen von Schuhen im Schnee hörte. Mats holte auf, er kam näher und näher. Gleich würde er mich gefangen haben.

»Jetzt hab' ich dich«, keuchte Mats und griff nach mir, doch er erwischte nur meine Knie. Ich kippte nach vorne, mein Gesicht schlug auf ein Stück harten Schnee und dann wurde es seltsam warm. Erst, als ich die roten Tropfen unter mir im Schnee sah, wurde mir klar, dass ich Nasenbluten hatte. Ich richtete mich auf, um ein Taschentuch aus meiner Jackentasche zu holen.

Mats sah mich entsetzt an wie nie zuvor. Er wurde erst blass, dann kreideweiß, so dass die Sommersprossen auf seiner Nase und seinen Wangen nur so hervorleuchteten. »Oh nein«, stöhnte er. »Das wollte ich nicht!« Er fasste sich mit einer Hand an die Stirn und schwankte.

»Mats!«, schrie ich und bekam richtig Panik. Denn kurz vor Halloween war er fast ohnmächtig geworden, nachdem T-Rex den alten Hund der Quentins gebissen hatte. Zum Glück nicht besonders schlimm, aber der Anblick der kleinen Wunde hatte für Mats gereicht. Um ihn zu stützen, schlang ich einen Arm um Mats' Taille, während ich mit der anderen Hand ein Taschentuch auf meine Nase drückte. Aber ich konnte Mats nicht mehr halten. Er fiel auf die Knie und sackte dann vornüber in den Schnee.

»Philippa, Linn«, schrie ich und winkte wie wild mit den Armen. Die beiden würden bestimmt denken, dass wir nur Quatsch machten. »Ich brauche Hilfe, schnell!«

Philippa rieb Mats' Gesicht mit Schnee ab, bis er rot wie ein Hummer wurde. Zusammen mit Linn richteten wir ihn auf. Mats sah mich nicht an. Er murmelte nur: »Ich wollte dir nicht weh tun, Mathilda. Das wollte ich nicht«, und er sah dabei so verzweifelt aus, als hätte er versucht, mich umzubringen. Er drehte sich um und lief alleine in die Berghütte zurück.

Ich stapfte ihm hinterher, denn ich wollte ihm unbedingt sagen, dass das mit meinem Nasenbluten nicht schlimm gewesen war, aber Mats schottete sich ab. Den Rest des Tages! Er kam nicht raus, so lange wir draußen waren. In der Berghütte setzte er sich abseits von uns hin. Als wir alle beim Essen auf der Eckbank um den Tisch saßen, blickte er nur mit ernstem Gesicht auf seinen Teller.

Abends fragte ich sogar Frau Quentin, was ich denn nur tun könnte, damit Mats wieder der Alte wird. Sie lächelte mich an und sagte: »Nichts, Mathilda, er schämt sich ganz schrecklich.«

Aber das Schämen musste unbedingt vor Silvester aufhören. Ich wusste nur nicht, wie ich das machen sollte. Denn das neue Jahr sollte mit einem Kuss anfangen.

Nachtgeflüster

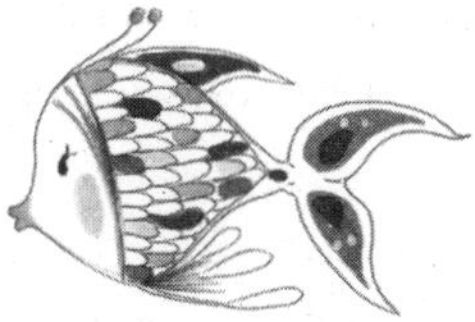

Mitten in der Nacht wurde ich wach. Etwas ganz in meiner Nähe hatte mich geweckt. Das wusste ich genau. Aber was nur? Das wusste ich nicht und das war das Unheimliche daran. War etwa eine Maus auf den Dachboden gekrochen oder sogar ein noch größeres Tier? Mein Herz schlug schneller, während ich angestrengt lauschte und zugleich in die Dunkelheit starrte. Aber ich sah nicht einmal die Hand vor meinen Augen. Schon tastete ich nach meiner Taschenlampe, aber stellte sie dann doch nicht an. Denn das helle Licht würde bestimmt die anderen aufwecken. Außer mir hatte niemand etwas gehört. Neben mir atmeten Philippa und Linn ganz ruhig.

Aber dann hörte ich es wieder: »Nei, nei«, kam es vom anderen Ende des Dachbodens. Das war Mats! Er sprach im Schlaf, aber ganz undeutlich. »Ma, nei«, stöhnte er. Dann drehte er sich um, sein Schlafsack raschelte und dann wurde es still. Außer regelmäßigem Atmen war nichts mehr zu hören.

Nur ich war hellwach. Was hatte Mats damit bloß gemeint?, überlegte ich. ›Nei‹ hieß bestimmt ›nein‹ und ›Ma‹ könnte der Anfang meines Namens sein. Ob ihm immer noch unser Sturz und mein Nasenbluten zu schaffen machte? Eines wusste ich in diesem Moment genau: Ich wollte auf keinen Fall für Mats ein Albtraum sein! Gleich nach dem Frühstück würde ich mit ihm sprechen. Das machte ich dann auch.

Zum Glück sah der Küchenplan vor, dass Mats und ich gemeinsam spülten. Das war die Gelegenheit! Mats stand schweigend neben mir und trocknete das Geschirr ab. Er sah mich nicht an, dafür aber umso mehr jeden einzelnen Teller und jede einzelne Tasse, die er schweigend abtrocknete. Wahrscheinlich schämte er sich immer noch. Und das, obwohl er von mir mit einer Ladung Schnee überzogen worden war. Das war ja nicht zum Aushalten!

Ich ließ eine Tasse mitsamt der Spülbürste ins Spülwasser sinken und drehte mich zu Mats um. »Hey, es gibt jetzt genau zwei Möglichkeiten.« Ich blickte ihn an. »Entweder wir haben hier eine super Zeit oder es wird eine Scheiß-Zeit. Für welche Möglichkeit entscheidest du dich, hmmmm?«, und grinste Mats an.

Ein kleines Lächeln huschte über sein Gesicht und in dem Moment hätte ich ihn am liebsten umarmt. Aber das ging ja schlecht. »Also, was ist Ihre Antwort?«, fragte ich wie die Fernsehmoderatorin einer blödsinnigen Quizshow, in der man von vornherein weiß, was die richtige Antwort ist.

Mats grinste und nur, weil ich ihn so gerne weiter grinsen sehen wollte, setzte ich noch einen drauf. »Überlegen Sie es sich gut, denn der Hauptpreis ist …« Ich biss mir auf die Unterlippe und erschrak über meinen eigenen Mut. Was sollte nur der Hauptpreis sein? Etwa ein Kuss? Aber das ging höchstens zu Silvester, jetzt aber auf gar keinen Fall. Immerhin war Mats mit Saskia zusammen und ich mit Scott.

»Was genau war der Hauptpreis?«, fragte Mats und sah mich auf diese ganz bestimmt Art an, die alles in mir zum Flattern bringt. Zum ersten Mal in meinem Leben fiel mir eine schlagfertige Antwort ein, als ich sie brauchte. »Das hier!«, rief ich, während ich mit einer Hand in den Schaum des Spülbeckens griff und Mats blitzschnell einen Schaumbart verpasste. »Der Hauptpreis ist ein schicker Schnurrbart, wie ihn die Robbe trägt«, kicherte ich. »Davon träumst du schon ewig, gib es zu!«

»Stimmt und ich weiß, wovon du träumst«, Mats schlang blitzschnell seinen linken Arm um meine Taille, damit ich nicht flüchten konnte (und ehrlich gesagt, das wollte ich auch gar nicht, denn es fühlte sich viel zu gut an), während er mit der rechten Hand ins Spülwasser langte und mir einen dicken Schaum-Vollbart verpasste. Wir sahen uns an und brachen in Gelächter aus. Wir konnten gar nicht mehr aufhören zu lachen, was sofort Emmi und Cara anlockte. Die beiden wollten unbedingt auch Schnurrbärte und sogar wilde Augenbrauen wie ein Yeti aus Schaum. An diesem Morgen war alles in mir leicht wie Schaum. Aber das Dumme an Schaum ist, dass er so schnell zusammenfällt.

Vielleicht lag es auch daran, dass am Silvesterabend um kurz vor zwölf mein Handy piepte. Scott hatte mir eine SMS geschickt, extra aus Amerika. Er hatte sogar an die Zeitverschiebung gedacht, das war so süß von ihm.

ICH WÜNSCHE DIR EIN TOLLES NEUES JAHR, MINDY SCHICKT DIR EIN HECHELN. BIG HUG SCOTT.

Wie so oft brachte mich Scott zum Lächeln, als ich mir seinen kleinen Hund vorstellte. Doch als ich an den big hug, die dicke Umarmung, dachte, brannten meine Wangen und ich wurde ganz verlegen. Auf einmal spürte ich einen Blick, wie eine Berührung. Als ich aufsah, blickte ich genau in Mats' Augen, der mir an dem Tisch gegenübersaß. Er sah unheimlich ernst aus und stand so hastig auf, dass er mit dem Kopf gegen die Lampe über dem Tisch stieß. Wir saßen im pendelnden Lichtschein, während Mats zum Küchenschrank hinüber ging, wo er die Wunderkerzen herausholte. »Noch fünf Minuten bis Mitternacht«, sagte er knapp.

Sofort sprangen alle auf, um möglichst viele warme Sachen übereinander anzuziehen und zueinander passende Handschuhe zusammenzufinden, damit wir das neue Jahr draußen im Schnee begrüßen konnten. Ich war als Letzte fertig, denn nur bei dem Gedanken an das, was vielleicht gleich passieren würde, wurden meine Finger so zittrig, dass ich endlos brauchte, um meine Schneeboots zuzuschnüren und die Handschuhe anzuziehen. Die zog ich dann draußen gleich wieder aus, denn wir zündeten die Wunderkerzen an. Inmitten der dunklen Nacht warfen sie helle Lichtschimmer auf jedes Gesicht. Dann gab es Geschrei, weil Cara sich an der verglühten Wunderkerze die Finger verbrannt hatte. Ihre Eltern kühlten den verletzten Finger mit Schnee, was eine Weile dauerte – und als wir dann auf die Uhr schauten, war das neue Jahr schon da.

Philippa und Linn umarmten mich, wir legten uns die Arme auf die Schultern, hopsten auf der Stelle und riefen immer wieder: »Frohes neues Jahr!«, bis Emmi an meiner Jacke zog und rief: »Ich auch!« So bückte ich mich und nahm sie auf meinen Arm. Linn und Philippa fassten ihre Hände und so hüpften wir mit ihr in unserer Mitte weiter. Und mein Herz hüpfte auch, als ich sah, dass Mats an dem Türpfosten der Hütte lehnte. Ich wollte zu ihm gehen, aber eine verweinte Cara stand vor mir. Andächtig sagte sie: »Mathilda, du bist und bleibst meine große Freundin!« Ich bückte mich zu ihr und sie schlang ihre Arme so stürmisch um meinen Hals, dass ich fast nach hinten in den Schnee gekippt wäre. Viel hätte nicht gefehlt und ich hätte geweint, so gerührt war ich. Oder vielleicht lag es auch daran, dass ich gar nicht wusste, wie ich Mats ein frohes neues Jahr wünschen sollte.

Aber das musste ohnehin noch warten. Denn als Nächstes zogen seine Eltern mich an sich und riefen, wie schön es sei, dass wir nach Krähwinkel gezogen seien. Auch da kämpfte ich mit den Tränen. Nun blieb nur noch Mats. Aber wo war er? Er stand etwas abseits von der Hütte. Wollte er vielleicht allein sein? Sollte ich zu ihm gehen oder nicht? Alles erschien mir falsch.

»Mats, hast du schon Mathilda ein frohes neues Jahr gewünscht?«, rief Frau Quentin und ich war ihr so dankbar für die Hilfe. Mats drehte sich um und kam auf mich zu. Und damit er nicht der einzige war, ging ich auch auf ihn zu. Der Schnee knirschte bei jedem Schritt und mit jedem Schritt schlug mein Herz schneller. Wir blieben voreinander stehen, eine Armlänge Abstand. Das war der Moment, auf den ich so endlos lange gewartet hatte. Doch plötzlich war ich wie gelähmt.

»Tja, also …«, Mats' Stimme klang rau. Er kam etwas näher, ich hielt den Atem an. »Alles Gute! Ähm, ich meine, frohes neues Jahr!«

»Ja, dir auch«, flüsterte ich heiser und sah, dass sein Arm sich bewegte. Jetzt, jetzt!, nimmt er mich in den Arm, dachte ich und machte wie von selbst einen kleinen Schritt auf ihn zu. Doch Mats machte etwas anderes. Er klopfte mir auf die Schulter. Wie einem Kumpel. Und darauf hatte ich so lange gewartet!?

Ich war mehr als enttäuscht, so tieftraurig … nein, es gibt gar kein Wort für dieses Gefühl. Wenn ich gekonnt hätte, hätte ich meine Gefühle abgestellt, so wie man eine Lampe ausschaltet. Aus. Denn es tat zu weh. Ich war für Mats nur ein Kumpel – aber er war für mich so viel mehr.

Neues Jahr, neuer Stress

Das neue Jahr begann ziemlich spät. Also, ich meine natürlich, als wir gegen Mittag ausgeschlafen und mit unseren Taschenlampen in der Hand nacheinander die steile Leiter vom Dachboden hinunterkletterten. Durch die Fenster im Wohnraum fiel das Sonnenlicht. Winzige Staubteilchen tanzten im Licht. Nur oben im Matratzenlager war es immer stockdunkel. Damit ich meine Taschenlampe nicht wieder irgendwo vergaß, steckte ich sie in die Tasche meiner Fleecejacke. Erst gestern hatte ich sie ewig gesucht.

Zu acht setzten wir uns zum Brunch auf die Eckbank und saßen dort noch faul um den Tisch, als wirklich niemand mehr einen Bissen essen konnte. Plötzlich legte Frau Quentin ihre Hände auf den Babybauch. »Autsch«, rief sie. »So wie das Baby jetzt schon springt, übt es Korbleger. Ich sage euch, das wird wahrscheinlich auch ein Basketballer.« Sie lächelte Mats an, der demonstrativ auf seinen Frühstücksteller blickte.

»Also ich hätte lieber ein Pony«, wandte Cara ein.

Philippa schmunzelte. »Aber das kannst du doch bei mir besuchen kommen.«

»Ganz genau«, stimmte Herr Quentin zu. »Also ich glaube ja, wir bekommen noch ein Mädchen. Wer sagt dir denn, dass es keine Tanzbewegung war, hm?« Er warf seiner Frau einen liebevollen Blick zu. Ob meine Eltern sich auch so angesehen haben, als sie mich erwarteten? Waren sie damals noch glücklich miteinander gewesen? Das wusste ich gar nicht. Und würde Papa jetzt bald Stephanie auch so ansehen? Oft konnte er das bestimmt nicht, wo er in Hongkong und Stephanie in Frankfurt war. Ich hörte nicht mehr genau zu und spielte mit den Krümeln auf meinem Teller, schob sie in der Mitte zusammen, bis Philippa interessiert fragte: »Habt ihr denn schon einen Namen für das Baby ausgesucht?«

Linn blickte auf. Angespannt, so, wie sie immer in Mathe guckt, wenn sie die Antwort nicht weiß. Aber warum sah sie bei so etwas Harmlosem wie einem Babynamen nur so erschrocken aus?

Auf der anderen Tischseite hob Mats das Kinn. Er wirkte mit einem Mal sehr entschlossen. »Ach, das interessiert doch niemanden«, winkte er knapp ab. Es kam mir so vor, als ob er am liebsten aufgesprungen und weggelaufen wäre. Aber das ging nicht. Mats saß fest, beziehungsweise mitten auf der Bank, zwischen seinem Vater und Emmi.

»Moment mal!«, die Stimme seiner Mutter klang energisch. »Ich finde es sehr schön, dass Philippa wissen möchte, wie unser Baby heißen soll.« Sie lächelte Philippa zu und blickte dann mich an. »Nun, ihr beide, dazu müsst ihr wissen, dass bei uns die Vornamen aller Kinder etwas gemeinsam haben.«

Sofort fiel mir etwas auf. »Stimmt«, rutschte es mir heraus, »die Abfolge Mats, Linn, Emmi, Cara verrät, dass sie dem Alter nach rückwärts dem Alphabet folgen.«

Mats' Mutter rief überrascht: »Das ist ja wirklich interessant. So habe ich das ja noch nie gesehen. Tolle Beobachtungsgabe, Mathilda.«

Gut, dachte ich, ist das Thema jetzt damit erledigt? Das war doch völlig harmlos. Wo bitteschön, war dann das Problem? Warum sahen Mats und Linn immer noch ziemlich angespannt aus?

»Doch für uns zählen zwei andere Gemeinsamkeiten«, fing Frau Quentin an.

»Mama!«, stöhnten Linn und Mats gleichzeitig. Frau Quentin drückte sich beide Hände in den Rücken und streckte sich. »Stellt euch doch nicht so an, ihr zwei«, erklärte sie gutgelaunt, um an Philippa und mich gewandt hinzuzufügen: »Es ist so: Jedes unserer Kinder hat einen Vornamen, der vier Buchstaben hat und ...« Sie errötete leicht und sprach nicht weiter.

Mats sprang in der Bank auf. »Reicht das jetzt?!« Seine Stimme klang wie ein Felsen, schroff und polternd.

»Jetzt sei doch mal nicht so verklemmt und setz dich«, rief Herr Quentin und stützte sich gemütlich auf den Tisch, als ob er eine längere Geschichte erzählen wollte. Er nickte uns zu, während Mats rot anlief und die Zähne so fest aufeinanderbiss, dass seine Kinnknochen hervortraten.

»Ich sag's«, rief Frau Quentin hastig. »Es ist in unserer Familie Brauch, dass der Vorname jedes Kindes zu einem bestimmten Land passen muss.«

»Das reicht!« Mats warf seinen Eltern einen Blick zu, der ziemlich deutlich sagte, dass er kein Wort mehr zu diesem

Thema hören wollte. Vielleicht war es das, was seinen Vater erst so richtig in Fahrt brachte.

»Ganz und gar nicht«, warf Herr Quentin leicht aufgekratzt ein. »Seht ihr, das ist so: Mats hat einen schwedischen Namen, weil er neun Monate nach unseren Ferien in Schweden zur Welt kam. Linn haben wir aus Dänemark ›mitgebracht‹, Emmi aus England und Cara aus Italien.«

Philippa nickte wissend: »Jetzt verstehe ich. Da ihr im letzten Sommer in Frankreich wart, bekommt das Baby einen französischen Namen mit vier Buchstaben. Richtig?«

Mats' Eltern nickten strahlend, er aber sprang so heftig in der Bank auf, dass der Kakaokrug umkippte und auf den Boden fiel, wo er zerbrach. »Geht's noch?«, schrie Mats, während er sich an Emmi vorbeidrängte. »Ihr seid peinlich, alle beide, so was von peinlich. Aber das merkt ihr ja nicht einmal!«, schrie er seinen Eltern zu. Er riss die Haustür auf, sprang in seine Winterstiefel und rannte, ohne sie zuzuschnüren, nach draußen.

»Genau, ihr seid einfach nur peinlich«, fuhr auch Linn ihre Eltern an, bevor sie zur Leiter rannte und wild schluchzend ins Matratzenlager hinaufkletterte. Das letzte, was ich hörte, war Cara, die energisch verkündete: »Ich will trotzdem lieber ein Pony!« Dann hatte ich meine Winterjacke und meine Stiefel angezogen und lief nach draußen.

Zuerst sah ich kaum etwas, weil die Sonne mich so blendete, aber dann hörte ich ein Hämmern. Das kam vom Holzschuppen. Mats stand mit der Stirn an den Holzschuppen gelehnt und schlug mit einer Hand gegen die Wand. Dumpf, immer schneller werdend.

Der Schnee knirschte unter meinen Füßen, als ich langsam zu ihm ging. Immer noch stand er mit dem Rücken zu mir.

»Lass mich in Ruhe, Mama«, knurrte er. »Ich will euch echt nicht sehen.«

Das konnte ich gut verstehen. Aber so ganz alleine lassen wollte ich ihn auch nicht. »Ich bin's, Mats«, sagte ich leise, »und ich wollte dir nur sagen, dass alle Eltern peinlich sind. Deine nicht mehr als meine. Das kannst du mir wirklich glauben.«

Mats ließ die Schultern hängen. »Manchmal denke ich, ich halte das keinen Tag länger aus. Ich halte das echt nicht mehr aus!«, sagte er wieder und wieder. Seine Stimme war so leise, dass ich ihn kaum verstand. Am liebsten hätte ich den Arm um ihn gelegt, um ihn zu trösten. Das machte man als gute Freundin bei einem Mädchen, überlegte ich, aber bei einem Jungen bestimmt nicht. Aber das musste auch nicht sein. Denn in dem Moment fiel mir etwas ein.

»Hey, Mats, komm, jetzt machen wir was Verrücktes. Nur wir zwei. Bitte.«

Es dauerte einen Moment, dann drehte sich Mats langsam zu mir um. Er lächelte mich an. So, als ob er bereit sei, jeden Streich mitzumachen. Und auch so, dass ich ihn wieder am liebsten nur umarmt hätte. »Du machst mich neugierig, Wichtel! An was genau hast du denn gedacht, hm?«

Nix wie weg

Wir gehen rodeln!«, rief ich und zog die Haustür hinter mir zu. Das war zwar nur ein Teil der Wahrheit, aber immerhin. Schnell, bevor die Kleinen noch den einzigen Schlitten für sich beanspruchen konnten, stapften Mats und ich in unseren dicken Schneesachen, Mützen, Schals und Handschuhen durch den tiefen Schnee bis zur Bergstation. Außer Puste blieb ich stehen. Mats, durchtrainiert von seinen vielen Wasser- und Basektballspielen, merkte man die Anstrengung natürlich überhaupt nicht an. Um wieder zu Atem zu kommen, sah ich den Skifahrern zu, die wie bunte Punkte den steilen Berg hinabsausten. Noch ein ganzes Stück darunter lagen winzigklein die Häuser und Hotels des Dorfes. »Genau da will ich hin!«, sagte ich und zeigte darauf.

»Hammer! Du willst die Mörderpiste mit dem Schlitten runterfahren?« Mats warf mir einen erstaunten Blick zu. Ich grinste. Er schien mir ja wirklich einiges zuzutrauen. War das nun ein gutes oder ein schlechtes Zeichen? Aber jetzt hatte ich keine Zeit, darüber nachzudenken. Damit mein Plan klappte, mussten wir in der Berghütte zurück sein, bevor es dunkel wurde. Bis dahin blieben uns vielleicht noch drei Stunden.

»Nix da«, rief ich kopfschüttelnd und deutete auf den plattgewalzten Weg, den wir mit der Pistenraupe heraufgekommen waren. »Aber hier!«

Mats' Augen strahlten. Er griff nach dem Seil des Schlittens und setzte sich hinten drauf. »Na, dann nix wie los!«, rief er. Ich setzte mich vor Mats auf den Schlitten und wir stießen uns ab. Bis zur Abzweigung war es nicht so steil und das Tempo normal. Aber danach wurde der Schlitten immer schneller, die Bäume sausten nur so an uns vorbei, Schnee flog unter den Kufen auf und wehte mir ins Gesicht. Nur nicht runterfallen, dachte ich, und klammerte mich am Schlitten fest.

»Hab' dich, Wichtel«, schrie Mats gegen den Fahrtwind und hielt mich fest. Mein Rücken war an seine Brust gedrückt, sein Gesicht genau neben meinem und auf einmal hatte ich keine Angst mehr. »Juuuuuuuuuuuhu«, schrien wir gleichzeitig. Aber dann mussten wir bremsen, denn wir kamen in das Dorf.

Doch an den wenigen Geschäften stand überall: *Neujahr geschlossen* und das war wirklich Pech, denn ich wollte Mats etwas Süßes spendieren. Schließlich entdeckte ich ein Café mit einer vereisten Eistruhe und mein Geld reichte gerade aus, um für jeden von uns ein Eis am Stiel zu kaufen.

»Woa koammt's ihr boide denn her?«, fragte die alte Frau an der Kasse und zwar mit so einem starken Dialekt, dass ich sie kaum verstand. Oder hatte ich sie vielleicht völlig falsch verstanden? Noch nie war ich in einem Laden gefragt worden, wo ich wohnte. Das kam mir schon etwas komisch vor.

Aber Mats zeigte zur Bergstation hinauf und sagte: »Oben aus der Berghütte.«

Die alte Frau nickte. Sie hob einen verknöcherten Finger und erklärte ernst: »Muachst, dass ihr hoam kommt. Dös Wetter schlägt um.«

War das ein Witz? Ich blickte durch die Schaufensterscheibe und sah nichts als strahlenden Sonnenschein und blauen Himmel. Besser konnte das Wetter gar nicht sein. Was meinte sie denn nur?

»Oader ihr bleibt's liaber so lange hier, sicherer is dös.« Wie zur Bekräftigung nickte sie mit dem ergrauten Kopf. Plötzlich kam sie mir vor wie eine alte Gewitterhexe oder wie … Ich zuckte zusammen. Oh Gott, wie oft hatte ich schon davon gehört. Aber es zum Glück noch nie selbst erlebt. War die alte Frau vielleicht so jemand, der sich an Kinder und Jugendliche heranmachte? So ein – wie hieß das Wort dafür nur – Pädophiler! Mama hatte uns immer vor solchen Leuten gewarnt, wenn wir im Zug nach Frankfurt und zurück fuhren. Nur in einem winzigen Bergdorf hätte ich mit so etwas nicht gerechnet.

»Danke, das geht schon!«, stammelte ich, während ich nach Mats' Ärmel griff und ihn hastig aus dem Café zog.

»Komische Frau«, meinte Mats und blinzelte in die Sonne, »was hat sie nur?« Irgendwie schmeckte mir das Eis nicht und ein unheimliches Gefühl folgte mir, als wir den Schlitten aus dem Dorf zogen. Von da an ging es nur noch den Berg hinauf. Und zwar viel länger, als ich mir das vorgestellt hatte.

Zuerst sprachen wir noch miteinander, aber das war an dem steilen Berg viel zu anstrengend. Das längste Stück gingen wir schweigend, mit gesenktem Kopf, nebeneinander her, bis wir stehenblieben, um zu verschnaufen. Plötzlich sah ich sie. Einige kleine Wattewolken, die am blauen Himmel aufzogen und sich schnell ausbreiteten.

»Gehen wir weiter!«, Mats sah besorgt aus und mir ging es ähnlich. Wir liefen schneller, so dass jeder Atemzug in die Lunge schnitt, aber der Nebel war noch viel schneller. Erst zog er sich wie ein graues Band zwischen den Bergspitzen, das rasch nach unten immer breiter wurde, bis schließlich alles im dichten Nebel versank.

Die alte Frau im Café hatte recht gehabt. Doch nun war es zu spät. Was sollten wir jetzt tun? Durch den dichten Nebel konnten wir kaum noch etwas sehen. Weder die Bergstation und die Skipiste, noch die Berghütte. Eigenartig still war es nun. Mir kam es so vor, als hätte der Nebel alles verschlungen, alle Farben, die Geräusche, uns, einfach alles … Ich fröstelte. Wie lange konnten wir es wohl hier draußen im Nebel aushalten? Mein Herz schlug dumpf und die Angst breitete sich in mir aus, so rasch wie eben der Nebel. Was sollten wir jetzt nur machen?

Mats wischte sich mit dem Handschuhrücken über die Stirn. Seine verschwitzten Haare standen wie dunkelrote Stacheln ab. »Mathilda, ich glaube, wir haben nur zwei Möglichkeiten.«

Ich nickte, damit Mats sie aufzählen sollte.

»Entweder wir rodeln zurück ins Dorf. Das würden wir wahrscheinlich schaffen, wenn … Wenn uns nicht gerade die Pistenraupe entgegenkommt.«

Ich verstand genau, was Mats mir damit sagen wollte. Wegen des Nebels würden wir mit dem Schlitten weder rechtzeitig ausweichen noch bremsen können. »Mmmh«, machte ich leise. »Und die andere Möglichkeit?«

»Wir müssen weitergehen, bis wir zur Bergstation kommen. Aber wir haben keine Ahnung, wie weit das noch ist.« Mats zuckte ratlos die Schultern. Keine der Möglichkeiten überzeugte ihn so richtig. Mich auch nicht. Ziemlich dämmerig war es inzwischen auch schon. Mit Einbruch der Dunkelheit würde es so richtig kalt werden. Wir mussten hier weg. Nur wohin? Meine Hand klammerte sich um etwas in meiner Jackentasche. Was war das eigentlich? Durch die Handschuhe spürte ich es nicht so genau. Ich zog den Handschuh aus und fühlte mein Handy. »Sieh mal, Mats«, schrie ich und hielt das Handy wie einen Pokal über mir in die Luft, während ich vor Erleichterung wie wild lachte und auf der Stelle hopste.

Lachend zog Mats mich mitsamt dem Handy an sich. »Oh Mann, Wichtel, dass wir nicht eher daran gedacht haben. Wir rufen meine Eltern an und …« Er fasste meine Hand, die das Handy hielt, blickte auf das Display und erstarrte in der Bewegung. »Kein Empfang«, sagte er tonlos.

»Wir können nicht mehr weit von der Bergstation entfernt sein«, meine Stimme war nur ein heiseres Flüstern. »Komm, lass uns gehen!«

Mats und ich marschierten nebeneinander los, so schnell wir nur konnten, während mein T-Shirt verschwitzt an meinem Rücken klebte und meine Socken an den Fußsohlen scheuerten. Obwohl es weiter bergauf ging, spürte ich keine Erschöpfung. Nur eines: Ich wollte zurück in die sichere Berghütte, bevor die Nacht hereinbrach.

Dann kamen wir an eine Abzweigung ohne Wegweiser.

Düster lag ein kleines Wäldchen vor uns. Genau an so einem waren wir heute Mittag abgebogen. Aber Wäldchen gab es viele. Es sah etwas anders aus. Vielleicht lag es auch nur daran, dass alles in Nebelschwaden gehüllt so unwirklich wie in einem Gruselfilm aussah?

»Denkst du, das ist die richtige Abzweigung, die zur Bergstation führt?« In der einbrechenden Dunkelheit konnte ich Mats' Gesicht nur noch schemenhaft erkennen. Aber ich hörte auch so die Sorge in seiner Stimme. Wir beide wussten, dass wir nun keinen Fehler mehr machen durften. Denn das wäre unser letzter.

Verlaufen

Wir sind der Abzweigung gefolgt, bis der platt gewalzte Weg plötzlich endete. Vor uns lag ein Schneefeld. Wir hatten den falschen Weg genommen. Alles in mir erstarrte. Aber Mats fasste meinen Arm. »Sieh nur«, rief er und die Hoffnung in seiner Stimme ließ mich aufschauen. »Da ist ein Licht!«

Wirklich, ein Stück oberhalb drang ein undeutlicher Lichtschimmer durch den Nebel. Mats wurde ganz aufgeregt. »Komm, Mathilda, das schaffen wir, wir müssen nur das Schneefeld überqueren.« Er fasste meine Hand. Gemeinsam stapften wir durch den tiefen Schnee, sanken ein, mussten die Stiefel wieder herausziehen, um beim nächsten Schritt wieder einzusinken. Aber die Hoffnung, ein Haus zu finden und in Sicherheit zu sein, gab mir Kraft. Doch dann sahen wir, was das Licht war. Ein großer Scheinwerfer, der am Wegrand das Schild eines Hotels beleuchtete. »Waldschlösschen 5 km«. Das war das Furchtbarste, was ich je gesehen habe. »Was, fünf Kilometer?«, schluchzte ich und ließ mich auf den Schlitten fallen. Meine Hoffnung verlosch wie eine

Wunderkerze. Ich hatte keine Kraft mehr. »Ich schaffe keine fünf Meter mehr. Geh du, Mats.«

»Vergiss es«, Mats klang so entschlossen, wie ich ihn noch nie gehört hatte. Er nahm meine Hand und zog mich auf. »Komm, nur noch bis zu dem Wäldchen, wo es etwas windgeschützt ist, Mathilda. Wir ruhen uns etwas aus und dann … dann gehen wir weiter.« Wir kämpften uns bis in das Wäldchen durch und setzten uns nebeneinander auf den Schlitten.

»Ähm, weißt du, also«, Mats zögerte einen Moment, dann stieß er hastig hervor: »Wenn du dich bei mir auf den Schoß setzt, hast du es etwas wärmer.«

»Ne, ich bin zu schwer«, sagte ich erschöpft.

Mats wurde richtig wütend. »Geht's noch? Du bist überhaupt nicht schwer, Mathilda. Wieso denkt ihr Mädchen immer nur so einen Scheiß? Jetzt komm schon, bevor du festfrierst.« Er zog mich auf seinen Schoß.

»Echt nicht zu schwer?«, murmelte ich und war so furchtbar müde, dass mein Kopf von selbst an Mats' Schulter sackte. Ich schloss meine Augen, bis plötzlich der alte Meyer auf uns zukam. Ihm voraus rannte T-Rex, die gelben Zähne gefletscht. »Platz!«, befahl der alte Meyer und T-Rex legte sich genau vor meinen Füßen hin. Ich war starr vor Angst, während der griesgrämige Mann sich vor mir und Mats aufbaute. »Also, ihr zwei, ihr solltet euch etwas schämen«, wütete er. »Zu meiner Zeit hat man nicht einfach faul rumgesessen. Wird's bald oder soll mein Hund euch Beine machen? Steht sofort auf!«

Ich öffnete meine Augen, aber da war kein alter Mann und zum Glück auch kein T-Rex mehr. Alles um mich herum war eiskalt und dunkel, aber ich spürte die Wärme von Mats. Doch ich war müde, so schrecklich müde. Meine Füße fühlten sich so taub an, als ob sie nicht mehr zu mir gehören würden. Mit einem Ruck war ich hellwach. Plötzlich war mir klar, dass ich fast erfroren wäre. Und Mats auch!

»Mats, wach auf«, schrie ich und rüttelte an seinem Arm. Aber er wurde nicht wach. »MATS, MATS!«, brüllte ich voller Verzweiflung und rüttelte ihn an den Schultern. Benommen wurde er wach. »Was ist denn?«, murmelte er, bis ihm klar wurde, wo wir waren. Mühsam rappelte sich Mats auf und knickte sofort wieder ein.

»Los, wir müssen unsere Spur zurückgehen«, rief ich und legte meinen Arm um Mats Hüfte, um ihn zu stützen. Wir humpelten aus dem Wäldchen. Etwas war anders. Nur was? Es war stockfinster, der Nebel hatte sich verzogen. In der Ferne, unter uns, leuchteten die Lichter des Dorfes. Trotzdem unerreichbar für uns. Ein leichter Wind hatte unsere Fußspuren im Schnee verweht. »Wir können nicht mehr zurück«, stöhnte ich.

»Okay, dann müssen wir uns die ganze Nacht durch regelmäßig bewegen«, erklärte Mats. »Damit schaffen wir es schon«, und er zeigte mir sofort einige Aufwärmübungen. Die machten wir hintereinander mehrere Male in dieser Nacht. Doch stets war uns nach kurzer Zeit wieder so kalt, dass Arme und Beine taub wurden und uns beiden die Zähne klapperten.

»Wir packen es nicht«, Mats sackte neben mir auf den Schlitten und vergrub den Kopf zwischen seinen Händen. Ich war auch verzweifelt, aber es konnte doch nicht sein, dass wir erfrieren werden, dachte ich. Womit konnte ich ihm nur

Mut machen? »He, du Troll, wir können noch nicht sterben, weil wir so vieles noch nicht gemacht haben!«

Mats sagte nichts. Ich stupste ihn an. »Los, sag schon, was wolltest du immer noch mal machen?« Neben mir sagte Mats immer noch nichts. Ich musste ihn zum Reden kriegen, er durfte auf keinen Fall wieder einschlafen.

»Heh, ich will eine Antwort!«, rief ich und stupste ihn energisch an.

Mats' Stimme klang müde, furchtbar müde, als er leise antwortete: »Weißt du, was ich immer schon mal machen wollte?« Er zögerte einen kleinen Moment, dann atmete er ein und sagte: »Also gut, ich sag's dir, Mathilda. Ich wollte dich immer schon küssen.«

Mein Herz flatterte wie verrückt. Damit hatte ich ja nun gar nicht gerechnet. »Echt? Also mich? Küssen?« Es war ein einziges Gestammel.

»Ist ja schon okay«, Mats' Stimme klang enttäuscht. Ob er meine Nachfrage missverstanden hatte? »Kann mir schon denken, dass du kein Interesse hast.«

»Hab ich aber!«, erwiderte ich entschlossen und stellte mich vor ihn hin. Mein Herz schlug bis zum Hals.

»Echt«, murmelte Mats und stand auch auf. Ich nickte stumm und machte noch einen Schritt auf ihn zu. Doch er küsste mich nicht. »Du, Mathilda«, fing er verlegen an. »Ich habe mir immer vorgestellt, dass ich dir über deine Haare streiche, wenn wir uns küssen.« Das gab's doch nicht, das hatte ich mir genau so vorgestellt. »Ich meine, ist es okay, wenn ich kurz deine Mütze abnehme? Wirklich nur kurz.«

»Ja«, hauchte ich. Mein Herz schlug schneller als ein Sekundenzeiger. Mats nahm vorsichtig meine Mütze ab, strich ganz leicht über meine Locken. Ich lehnte mein Gesicht an seinen Hals. Einen Moment standen wir so im Dunkeln aneinandergelehnt. Und dann küssten wir uns. So, als ob wir gar nicht mehr damit aufhören wollten, bis meine Knie so weich waren, dass ich mich setzen musste.

Mats' Stimme klang verzweifelt, als er fragte: »Ist dir schlecht?«

Ich schüttelte im Dunkeln den Kopf, aber das sah Mats nicht. So fasste ich nach seiner Hand. »Mats, jetzt habe ich aber auch noch einen Wunsch frei!«

»Klar«, Mats setzte sich neben mich. »Alles, was du willst.«

Ich glaube, die Antwort hat ihn überrascht. Denn ich drehte mich einfach zu ihm um und küsste ihn. Mats legte seine Arme um mich und wir hätten uns noch viel länger geküsst, wenn er nicht plötzlich gerufen hätte: »Was hast du da in deiner Jackentasche?«

Es war die Taschenlampe, die seit heute Morgen in der Tasche meiner Fleecejacke steckte. Mats und ich sprangen auf. »Lichtzeichen!«, schrien wir gleichzeitig. Wir leuchteten in die Dunkelheit, dreimal lang, dreimal kurz. Dorthin, wo das Dorf lag. Dann warteten wir und zählten bis 60, um wieder und wieder dasselbe Lichtzeichen zu senden. Gebannt starrten wir in die Dunkelheit. Niemand schien uns zu bemerken. Ich weiß nicht, wie oft wir die Lichtzeichen gesendet haben. Doch nichts passierte, außer dass die Kälte immer mehr durch unsere Jacken und Schneehosen kroch. Wir sahen die fernen Lichter der Häuser im Tal, doch bis dorthin würden wir es nicht mehr schaffen. Aber Mats war gleich neben mir, wir umarmten uns wieder und vergaßen so ziemlich alles andere, bis wir auf einmal Motorengeräusche hörten.

»Hörst du das auch?«, rief ich und sprang auf. Wir liefen an den Waldrand. Über das verschneite Feld kam ein helles Scheinwerferlicht schnell näher. Das musste ein Motorschlitten sein. »Schrei, Mathilda, schrei so laut du kannst«, rief Mats und wir schrien wie zwei Verrückte. Mats schwenkte seine Arme über dem Kopf, obwohl das in der Dunkelheit bestimmt niemand sehen konnte. Meine Hände zitterten vor Anspannung, aber ich machte das Lichtzeichen mit der Taschenlampe. Immer wieder und wieder, bis der Schlitten vor uns anhielt. Zwei Männer von der Bergrettung sprangen herunter und brachten uns zurück in die Berghütte. So genau kann ich mich gar nicht mehr erinnern, denn so viel passierte gleichzeitig. Mats Eltern stürzten sich auf uns, die Männer von der Bergwacht versicherten ihnen, dass wir keine Erfrierungen hatten und dass wir nur heiße Getränke, eine warme Dusche und dann viel Schlaf brauchten. Danach wurden wir mit extra Decken ins Bett gepackt. »Mats?«, murmelte ich erschöpft wie noch nie zuvor in meinem Leben.

»Bin da, Mathilda, wir sind…«, hörte ich noch, dann schlief ich schon.

Und jetzt?!?

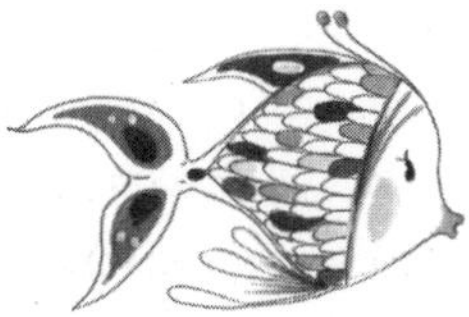

Als ich wach wurde, war alles um mich so furchtbar dunkel und still, dass ich sicher war, wir würden noch immer in der Eiseskälte in dem Wäldchen sitzen. Doch wo war Mats? Was war passiert? Ich wusste es im ersten Moment nicht mehr. Hektisch tastete ich in der Dunkelheit um mich. »Mats? Wo bist du?«, stöhnte ich. »Aufwachen, du musst…«

»Es ist alles gut, wir sind in Sicherheit«, hörte ich seine dunkle Stimme vom anderen Ende des Dachbodens. Eine Taschenlampe leuchtete auf und Mats rollte sich in seinem Schlafsack zu mir herüber. »Wie geht es dir?«, fragte er und sah mich so besorgt an. Dabei hatte er selbst dunkle Schatten unter den Augen und in seinem Gesicht stand noch die Gefahr, in der wir geschwebt hatten. »Ganz gut«, murmelte ich. Aber das stimmte nicht. Es hatte nicht viel gefehlt und wir wären gestern beide in der Kälte gestorben. Noch nie war mir der Tod so nah gewesen. Und das alles nur, weil ich auf diese blöde Idee gekommen war, mit dem Schlitten ins Dorf zu rodeln. »Nur wegen mir, Mats…«, fing ich mit brüchiger Stimme an, aber ich konnte nicht weitersprechen.

»Wichtel, ohne dich hätte ich das gestern gar nicht geschafft«, Mats' Stimme klang rau. »Echt nicht.«

Da hielt ich es nicht mehr aus, ich heulte wie ein Schlosshund und immer, wenn ich Luft holte, stieß ich Satzfetzen hervor: »Alles meine Schuld … nur wegen … meiner bescheuerten Idee … in Lebensgefahr … tut mir so leid.« Ich weiß nicht, wie viel Mats von meinem Gestammel überhaupt verstand. Er legte einfach den Arm um mich, bis ich mich ausgeheult hatte. Eine Weile war es ganz still.

»He«, sagte Mats schließlich und in seiner Stimme schwang ein kleines Lachen mit. »Kann ich jetzt auch mal was sagen?«

Schniefend nickte ich, während ich mir die Tränen abwischte.

»Ich würde das immer wieder machen.«

Sofort wusste ich, was Mats meinte. Und das war nicht die Schlittenfahrt. Erst blieb mein Herz stehen, dann fing es an zu flattern. Ich musste nur an unsere Umarmung und die Küsse denken und alles in mir fühlte sich wie tausend Schmetterlinge an. So leicht und glücklich, bis ein Gedanke mitten in mein Glück knallte. Ich hatte fremdgeknutscht, obwohl ich doch die Freundin von Scott war. Und Mats war mit der Schönheit Saskia zusammen, die, anders als ich, keine Brackets im Mund und obendrein immer die neuesten Anziehsachen hatte. Am liebsten wäre ich unsichtbar geworden. Ich wusste nicht, was ich Mats jetzt nur antworten sollte.

»Mathilda, ich will dir das schon so lange sagen …«, fing Mats an. Aber ich ließ ihn nicht aussprechen.

»Wegen gestern«, sagte ich rasch, während ich hoffte, dass mir noch ein rettender Gedanken kommen würde. »Also, das war schon toll – aber …« Auf keinen Fall sollte Mats denken, dass es nicht wunderschön war, ihn zu küssen.

»Aber was?«, Mats' Stimme klang angespannt.

Ich war es auch. Es war das Schwerste, was ich je sagen musste. Ich holte Luft und plötzlich wusste ich, was ich als Entschuldigung vorgeben konnte. »Also, ich meine, das Küssen gestern war nur eine Übersprungshandlung.«

»Übersprungshandlung?«, wiederholte Mats.

»Ja, ganz genau. Guppys, zum Beispiel, die machen das auch. Wenn zwei Guppys miteinander kämpfen, dann tut der eine plötzlich so, als ob er Futter suchen würde. Typisch, Übersprungshandlung eben.« Ich nickte zur Bestätigung. Klarer Fall, in Lebensgefahr machte man wahrscheinlich auch Sachen, die man sonst nicht machen würde. Fremdknutschen zum Beispiel.

Mats sagte erst nichts, dann huschte ein Schmunzeln über sein Gesicht. »Guppys, das sind doch diese kleinen Fische, oder?«

Ich nickte.

Mats nickte auch, dann strich ganz sanft über meine Haare: »Ich hab nur noch nie einen Guppy mit solchen Locken gesehen.« Sein Mund war nun genau über meinem Ohr und es kribbelte ganz wunderbar, als er leise sagte: »Übrigens auch keinen, den ich immer ansehen will und an den ich ständig denke. Und zwar seit ich dich das erste Mal in eurem Garten gesehen habe.«

Da konnte ich nicht anders. Ich habe ihn einfach umarmt. Und er mich. Lange haben wir nichts gesagt, aber eine Sache, die musste ich doch noch wissen: »Was ist denn mit Saskia?«

»War«, antwortete Mats nur.

Es dauerte ein bisschen, bis ich begriff, wie er das meinte. »Ihr seid nicht mehr zusammen? Aber sie hat dir doch noch all diese SMS geschickt und …«

»Hm«, meinte Mats, »ich habe ihr auch *eine* geschickt.« Damit war das Thema für ihn erledigt. Aber so konnte und wollte ich das mit Scott nicht machen. Nur, wie macht man mit einem Jungen Schluss, der ein richtig guter Freund ist?

Nichts als Überraschungen

Das konnte mir nur eine sagen: Hannah! Deshalb galt ihr mein erster Anruf, als wir aus den verschneiten Bergen wieder zu Hause in Krähwinkel waren. Doch meine abf rief eilig in den Hörer: »Mensch, Mathilda, so ein Pech, ich muss gleich weg.« Aber die Sache mit Scott konnte nicht länger warten. Da half nur eines, unser geheimes Notfallwort, das wir für solche Fälle schon vor langem verabredet hatten. »Absolutes S0S«, sagte ich nur.

»Mama, ich kann nicht mit«, erklärte Hannah sofort. Ich hörte, dass eine Tür geschlossen wurde, ihr Sitzkissen knirschte und dann fragte sie: »Was ist passiert?«

Also fing ich an zu erzählen, Hannah hörte genau zu. Sie stöhnte über die kumpelhafte Art, mit der Mats mir ein frohes neues Jahr gewünscht hatte, schrie entsetzt auf, als wir fast für immer im Schnee eingeschlafen wären. Doch als sie von den Küssen und Mats' Liebeserklärung hörte, sagte sie keinen Mucks. Das konnte nicht Gutes bedeuten. Auf einmal war da ein dicker Kloß in meinem Hals. »Hannah«, flüsterte ich, »was sage ich jetzt nur Scott?«

Einen Moment lang hörte ich nur das Rauschen in der Leitung, sonst nichts. »SOS«, kam es dann aus dem Hörer.

»Häh?«, ich verstand überhaupt nichts mehr. Das war ja nicht gerade eine Antwort auf mein Problem. »Wieso SOS?« Aber dann sprang ich mit einem Satz auf. »Was, Hannah? Du hast auch ein schlimmes Problem? Warst du deshalb an deinem Geburtstag so still und nach dem Bratapfelfest auch?«

»Ja! Ach, Mathilda ...« Mehr sagte sie nicht, aber trotzdem klang ihre Stimme gequält und so, als ob ihr etwas schrecklich peinlich wäre.

»Hat deine Mutter etwa dein Tagebuch gefunden und gelesen oder – noch schlimmer – unseren Jungsordner?« Darin hefteten wir alle interessanten Artikel ab, die wir in den Mädchenzeitschriften so fanden. Also nichts, was eine Mutter sehen musste.

»Nee, das nicht«, druckste meine abf herum. »Hannah«, rief ich entschieden in den Hörer, »wie soll ich dir helfen, wenn ich gar nicht weiß, was dein Problem ist?«

Schweigen, plus etwas Rauschen aus der Leitung, sonst nichts. Dann holte meine abf Luft: »Mathilda, was, wenn wir ein und dasselbe Problem hätten?«

»Wie? Ähm? Scott?« In meinem Kopf gab es nur noch Fragezeichen.

»Mathilda, du bist meine allerbeste Freundin und ich würde nie was mit deinem Freund anfangen, das weißt du doch? Hab ich auch nicht, aber ...« Hannah verstummte. Sie musste mir auch nichts mehr sagen. Auf einmal verstand ich, weshalb sie so still gewesen war, wenn es um Scott ging. Und ich erinnerte mich daran, wie begeistert Scott von ihr gesprochen hatte. Dann fiel mir ein, was Anouk über die

Liebe gesagt hatte: ›Wenn du so richtig verliebt bist, ist das wie mit einem Magneten. Alles zieht dich zu ihm hin.‹ Und dass Scott für mich immer nur ein guter Freund gewesen war, das wusste ich jetzt auch.

»Ich habe nichts gemacht«, rief Hannah so gequält, dass sie mir leid tat. »Das solltest du aber unbedingt«, erwiderte ich lachend. »Sobald Scott aus Amerika zurück ist.«

Kaum hatte ich aufgelegt, klopfte Mama an meine Zimmertür. »Gut, dass du endlich fertig bist, Mathilda«, rief sie mit ihrer typischen Was-musst-du-auch-immer-so-lange-telefonieren-Stimme, dass ich gleich schlechte Laune kriegte. Und meine Laune wurde auch nicht besser, als sie erklärte, dass wir heute zum Abendessen Besuch haben würden. Musste das sein, ich war doch erst gerade wieder da und schon …

»Du könntest ja mal fragen, wer kommt«, bemerkte meine Mutter spitz. Mürrisch zuckte ich die Schultern. »Du wirst es mir ohnehin sagen, oder?«

Mama warf den Kopf in den Nacken und drehte sich um. »Phh«, erwiderte sie schnippisch, »das wirst du dann schon sehen.« Natürlich bin ich ihr nicht nach, um zu hören, wer zum Abendessen kam. Aber für alle Fälle habe ich mein Styling überdacht. Und dann schellte es um sieben Uhr.

Friederike schien darauf gelauert zu haben. Sie rannte an mir vorbei zur Tür. »Das sind Jan und sein Sohn aus Schweden!«, kreischte sie und ihre Wangen waren vor Aufregung gerötet.

Moment mal, dachte ich, seit wann hat Jan einen Sohn? Mal wieder hatte mir niemand was gesagt. Egal, ich seufzte, wahrscheinlich war das sowieso so eine kleine Nervensäge, die den ganzen Tag mit Matchboxautos spielte und noch stinkende Windeln trug. Dann blieb mir die Luft weg. Hinter Jan kam jemand herein, groß, breitschultrig, blonde Haare und – ich musste erst mal Luft holen – denn er sah schon aus wie ein Mann, mindestens sechzehn. Schon kam er auf mich zu. »Hi, I am Jesper!« Hellblaue Augen blickten mich so durchdringend an, als ob sie mich abscannen würden. Verlegen senkte ich den Blick.

»I am Mathilda«, murmelte ich, während ich mich fragte, wie viele Tage länger als ich Friederike Jesper schon kannte.

»Jesper ist überraschend gekommen, nachdem wir eine Zeit lang keinen Kontakt mehr hatten«, erklärte Jan, der neben seinen Sohn trat. »Jesper spricht bislang außer Schwedisch nur Englisch, hat sich aber in den Kopf gesetzt, ab jetzt bei mir leben zu wollen und hier zur Schule zu gehen.«

»Noh problem, yu kann go to school wiß me«, verkündete Friederike völlig falsch, aber stolz wie ein Honigkuchenpferd. Hah, dachte ich, als ob so ein cooler Typ wie Jesper sich mit einem Fünftklässler in der Schule sehen lassen würde. Ich blickte auf. Jesper lächelte mich an, nicht Friederike.

»Mathilda«, es klang total süß, wie er meinen Namen aussprach. »You remind me of someone.« Ich erinnerte ihn an jemand. An wen denn?, wollte ich eigentlich fragen, aber Mist, vor lauter Aufregung fiel mir nicht ein, wie ich das auf Englisch sagen musste. Deshalb sagte ich lässig. »Really?«

Jesper nickte. »But I don't know her name in English, sorry«, er wandte sich an Jan und es folgte ein schwedischer Redeschwall. Doch Jan schüttelte den Kopf. Wieso wollte er das nicht übersetzen? Zu blöd, dass Mama kein Schwedisch konnte. Jesper beharrte weiter, so dass Jan schließlich übersetzte: »Jesper sagt, du erinnerst ihn an das wunderschöne Schneewittchen in seinem alten Märchenbuch.«

Alles in mir glühte. Also, das würde noch interessant werden! Beim Abendessen kam mir ein Gedanke. Wenn Mama und Jan zusammen bleiben würden, wäre Jesper dann so etwas wie mein großer Bruder? So einen hatte ich mir doch immer gewünscht. Und manchmal kriegt man sogar noch mehr, als man sich wünscht. Dazu muss man nur etwas in der Altpapiertonne wühlen.

Am letzten Ferientag stellte ich entsetzt fest, dass meine Mathearbeit nirgends zu finden war. Hatte ich sie eventuell in die Altpapiertonne geschmissen? (Da wäre sie auch am besten aufgehoben gewesen.) Während ich die Tonne durchwühlte, hielt ich auf einmal eine schmale Pappverpackung in den Händen. »Schwangerschaftstest« stand darauf. Wofür man den brauchte, war mir sofort klar. Mir wurde ganz komisch. Wie würde es sein, Mama nicht nur mit Friederike zu teilen (die kannte ich ja wenigstens), sondern noch mit einem fremden Baby? Und oje, würde das Baby dann nicht auch ein eigenes Zimmer brauchen? Müssten dann Friederike und ich mein Dachzimmer teilen? Oder eine Trennwand einziehen?

»Hey Mathilda, what are you up to?« Jesper kam um die Hausecke und riss mich grinsend aus den Grübeleien. Aber mir war nicht zum Lachen zu Mute. »Look at this!« Ernst hielt ich ihm die Verpackung hin, die mein Leben verändern würde. Seines höchstwahrscheinlich auch.

Jesper zuckte die Schultern. »What's this?«, fragte er. Ich hatte nicht die leistete Ahnung, wie Schwangerschaftstest auf

Englisch heißt. Ich überlegte, dann blickte ich Jesper an und zeigte einen dicken Bauch.

»You are …« Jesper sah mich erschrocken an.

Ich lief dunkelrot an, während ich »no, no, no«, rief und dazu verneinend den Finger bewegte. Damit ja nur klar war, dass *ich* keinen Schwangerschaftstest brauchte. Meine Stimme war nur ein Krächzen, als ich sagte: »But your father and my mother!«

Jesper sah mich stumm an. Dann lächelte er. »So there will be four of us«, und hielt vier Finger hoch.

»No, five«, wandte ich ein.

»Five?« Jesper sah so aus, als überlegte er, ob Mama Zwillinge erwarten würde. Deshalb sagte ich schnell: »One more baby from my father and his new wife.«

»Wow«, machte Jesper. Plötzlich fingen wir an zu lachen und konnten nicht mehr aufhören. Keine Ahnung, wie es wird, so eine große Familie zu sein. Eines weiß ich genau, *ich* brauche die Fensterseite zu Mats' Giebel. Unbedingt! Und Freundinnen, die da sind, wenn es zu viel für einen wird.

Zimt- und Zucker-Toasts …
ein süßer Genuss zum Frühstück

getestet von Mathilda, Lina + Philippa

Für vier Freundinnen brauchst du:
2 Eier, ¼ Liter Milch, 1 Teelöffel Zimt, 4 Esslöffel Butter, 8 Scheiben Weißbrot, 100 Gramm Zucker, 1 Teelöffel Zimt und 1 Päckchen Vanillepudding (nach Angabe auf der Packung zubereiten).

So wird's gemacht:
Den Backofen auf 100 °C vorheizen. In einer Rührschüssel verrührst du die Eier mit der Milch und dem Zimt. Dann wendest du darin die Brotscheiben, bis sie gut durchtränkt sind.
Nun 1 Esslöffel Butter in eine Bratpfanne geben und auf kleiner Hitze schmelzen lassen. Als Nächstes legst du 2 Brotscheiben in die Bratpfanne und lässt sie von beiden Seiten braten, bis sie goldbraun sind. Die fertig gebackenen Scheiben stellst du im Backofen warm (Topfhandschuhe benutzen!), bis alle fertig sind.
Zimt und Zucker in einer kleinen Schüssel verrühren. Die

noch warmen Zimt- und Zucker-Toasts damit bestreuen und mit Vanillepudding servieren.
Zubereitungszeit: ca. 40 Minuten

Annette Langen

Mathilda, Mathilda!

Mathilda weiß wirklich nicht, was sie unter Landeiern soll. Aber ihre Mutter hat nun mal dieses Haus in Krähwinkel geerbt, also heißt es für die ganze Familie Umzugskisten packen! Gleich am ersten Tag steht ein wild schnaubendes Vieh mit Hörnern im Vorgartenbeet, am zweiten Tag stolpert Mathilda über eine Ladung Pferdeäpfel in die Arme von Mats, wird von Philippa und Linn über die sonstigen Vorzüge des Landlebens aufgeklärt – und am dritten Tag will Mathilda schon nirgendwo anders wohnen als in Krähwinkel.

Drei wie Wind und Wirbel
176 Seiten
ISBN 978-3-570-15356-7

Drei ohne Punkt und Komma
176 Seiten
ISBN 978-3-570-15389-5

Drei wie Zimt und Zucker
ca. 144 Seiten
ISBN 978-3-570-15477-9

cbj
www.cbj-verlag.de
10197

Anne Hertz

Juni und ich

Flunkern wie gedruckt

176 Seiten, ISBN 978-3-570-15579-0

Endlich! Juni alias Carla, 12 Jahre, na ja, fast, darf bei der Schülerzeitung mitmachen. Blöd nur, dass sie keiner ernst nimmt. Zum Glück zicken sich die Oberstufenzicken so richtig an, und da kommt Carlas Chance: Sie flunkert, nur ein bisschen! Und schwupps, schon denken alle, ihre Vorschläge und Artikel stammen eigentlich von der berühmten Bloggerin Juni, die aus dem Hintergrund der Chefredaktion unter die Arme greift. Klar, dass damit das Flunkern erst so richtig anfängt – aber ein Mädchen muss tun, was ein Mädchen tun muss!

10239

cbj

www.cbj-verlag.de

Dagmar H. Mueller
Die Chaosschwestern legen los

144 Seiten, ISBN 978-3-570-13396-5

Verträumt und ruhig liegt die alte Villa da. Aber nicht mehr lange! Die Schwestern Tessa, Livi, Malea und Kenny halten samt Eltern Einzug – und mit ihnen quirlig-buntes Chaos, ohrenbetäubende Hausmusik, eine Schneckenfarm und Kennys unerschrockener Plan, den besten Geheimclub aller Zeiten zu gründen. Den frechen Jungs aus der Nachbarschaft ist rasch klar, wer jetzt das Sagen am Platz hat: die vier Chaosschwestern!

10060

cbj

www.cbj-verlag.de